ICH
BIN
MEIN
LIEBST-
ER
STERN

이, 별의 사각지대

아무도 모르는 이 이야기는 몸에 박힌 빛의 조각들,

어딘가에서 발견되기를 기다리며 고요히 빛이 나는.

2017. 08

이,별의 사각지대

이, 별의 사각지대

나는 이, 별의 사각지대에서 나름의 생을 살아가고 있다.

지도의 뒷면에는, 지평선을 뜯고 맨발로 도착한 사람들이 있었다. 실오라기도, 무기도 없이, 펜도, 서류 가방도 없이 목소리조차 버리고 도망쳐온 사람들도 많았다.

그들이 만들어가는 나라는 어둡지만,
조금 이상하지만, 빛을 머금은 항성처럼
아름답게 자전하고 있다고 믿게 된다.

눈에 띄지 않게 살아가는 익명의 삶이 있다.
그들은 아름답고, 경이롭다.

그들에게 잘 살고 있다고, 잘 하고 있다고, 믿는다고,
자꾸 다독이며 말하고 싶다.

느낌의 자서전

산소
허공
마음
온도
기억
희망
노래
그리움
상처
촉각
사랑
향기
체온
숨결
꿈

잡을 수도, 만질 수도, 어찌할 수도 없는 것들.

살아있다고 내 심장을 두드리는 건 늘 보이지 않는 것이었다.
그러니까, 향기와 분위기에 관심이 많다.
표정보다는 그림자에 관심이 많다. 정면보다는 뒷면이,
포옹보다는 체온에 관심이 많다.
말이 막 발화하기 전이거나
말이 끝나는 지점에 멈춰 서 있을 때가 좋았다.

설명할 수 없는 느낌이 촉발하는 이 시간,
언제까지나 여전히 모르는 것으로 남아있는 모든 것이
나는 늘 간절하다. 알 수 있는 것은 아무것도 없지만 어쩌면 우리의 삶은 정의 내릴 수 없는 느낌이 전부일지도 모른다.

꽃이 피는 것보다, 꽃이 진 자리가 나를 떨게 한다.
당신이 나에게 온 날보다, 당신이 나에게서 떠난 날,
이 문장은 시작된다.

창 없는 방 안에서 생각만으로 창을 내는 사람
풍경을 옮기느라 하루를 다 쓴 사람

하늘과 달빛과 대지의 이름 모를 풀들처럼 내밀한
그것을 보기 위해 삶을 포기한 사람
영혼의 대가로 가난을 얻은 사람
절대 고독을 만끽한 사람

ICH

BIN

MEIN

Wie nie beschrieben

모르는 이야기

01

LIEBST

-ER

STERN

나는, 나에게 보내는 편지

내가 들으라고 외치는 메아리

이 이야기는 부재이다. 이 글은 아직 발견되지 못한 영혼의 기행일 것이다. 아무것도 모르는 채로 쓰이는 문장의 길은 아직 완주하지 못한 행선지이다. 지워진 발자국처럼, 이 이야기는 쉽게 버려지고 소외된 소음들이다.

나는 아직 나를 데려다 놓은 단어에도 내가 꿈꾸는 언어에도 근접하지 못했기에, 어쩌면 이 글은 낙하하는 빗방울처럼 공허한 속삭임일 수도 있다.
삶의 의미는 영원히 찾지 못하는 것일까?

나는 옛길의 한 모퉁이에 서서 심호흡하고 있다.
그리고 영원히 찾을 수 없는 것을 그리워한다.
그림자 기법으로 알 수 없는 흔적을 남기는 이런 삶의 방식은 생이라 착각할 법한 집착 말고는 아무것에도 당도할 수 없음을 안다. 그럼에도 불구하고 삶이라는 몽유병, 삶이라는 역마살. 세상의 뒷장을 탐하는 소외된 언어가 맹목적 순례를 감행하는 것이다.

나의 업무는 그것의 발자취와 향기를 최대치 기록하는 것이다. 나는 나의 기록하는 서기이다.
아무것도 아닌 무언가를, 계속 씀으로써 자신을 구원해줄 수 있다는 확신, 그 외에 어떤 것도 내 안을 충족시키지 못한다는 믿음, 그것의 손길과 치유의 힘으로 살아가기 때문이다.

이 모든 이야기는 무수히 많은 밤과 낮을 혼자 울고 있던 나에게 들려주고 싶다. 기댈 곳이 없는 방에서 잠을 보채던 연약한 나의 시간에 들려주고 싶다.
이 기록은 숱한 고독의 대면이 될 것이다.
삶은, 결코 혼자가 아니라고, 엄마이고 누이인 내가 내게 불러주는 자장가다.

나는, 나의 최초의 목소리
나는, 내가 나에게 보내는 편지

나는, 내가 들으라고 외치는 메아리이다.

지구별 일기

나는 알지도 못하고, 본 적도 없는 고향을 떠올리듯 무언가 잡히지 않는 것들이 늘 그리웠다. 늘 목적도 없이 홀로 길을 걸어야 했다.
걷다 보면 알 수 없는 방향에 발길이 가는데, 구깃구깃 지워진 보물섬의 지도를 연결해보는 것 같이, 발걸음을 멈춘 채 조각난 이름들을 나열할 때, 이름 없는 지명을 기억할 때, 떠나간 것들을 불러보듯 얼굴 없는 사람들의 표정을 읽어낼 때, 나는 그것을 잊지 않기 위해 호주머니 속에 있는 양손을 황급히 꺼내어 들고 손금에다가, 손가락으로 한 개의 단어씩 꾹꾹 눌러 적어보곤 했다. 한참 동안 그것들을 바라보며 조금씩 확장되어가는 느낌의 세계를 믿을 수밖에 없는 이상한 확신이 들 때, 언젠가 태초에 한 번쯤은 들어본 적 있는 모국어 같고, 보물을 찾으려는 것도 아닌데, 지워진 길과 언어를 연결하며, 마치 도달해야 할 모국이 있다는 그 막연한 믿음으로 살고 있는지도 모른다.

당신도 걷는 이 길을 본다.
이 길의 끝이 낭떠러지가 아니라고
용기를 잃지 말라고 말하고 싶다.

도시의 추상화

1.

테이블 위에는 불완전한 사고가 피카소의 정물처럼 다각도로 맞물려 있었다.
어제 먹다 남은 생각과 꿈의 부스러기들,
절대 도출되지 않은 지성과 타협을 미루고 있는 정신의 찌꺼기들.

이곳에는 여전히 삶이 놓여있었고, 나는 거대하고도 희미한 추상으로 압도하는 그것을 오랫동안 바라보았다.

2.

모르는 사람들의 행렬, 도로 위의 차들, 저마다의 소음이 일초, 이 초, 삼 초, 이편에서 저편으로 건너가고 있었다. 너머의 집들은 알 수 없는 방향으로 강경했다.
어리둥절한 눈빛, 열려있는 창문의 입장.
교회의 높은 첨탑 위로 피곤한 하늘의 현기증.
여리고 외로운 잡목들이며, 내일이 없는 새들이며, 벽과 벽 사이 누군가의 들키지 않는 울음이며, 그런 것들이 영원할 듯 무관하게 이 환한 대낮으로 밝아오는 것이다.

어떤 이름의 빛이라 말할 수 있을까?
무엇이라 말할 수 있을까? 이 삶을?

되풀이되는 하늘과 대지의 모든 틈 사이로,
세상의 이해 속으로, 소음도 나도 철없이 오지랖을 부리는 도시의 오후이다.

모든 궁금함은

뒤따라 오는 궁금함이 넘어뜨린다

여전히 모르는 것이 많았다.

삶이 어디서 어떻게 흘러가는지,

무엇에 의해 자주 넘어지며, 일어서지 못하는지도,

하루는 무릎을 꿇은 채로 한 장이 끝났다.

한 장, 두 장, 세 장,

언제나 그렇게 낱장으로 넘겨졌다, 넘겨진다.

보이는 것, 들리는 것, 만지는 것.

빛으로 새기듯 현상된 풍경은 완고했고

철 지난 사진이 되어 한 장, 한 장
또다시 버려지고 있다. 잃어간다.

이 계속되는 이야기의 결말이 궁금하다,
말 없는 문장이 끝끝내 머물게 될 미래의, 바람의, 계절의, 무덤의, 뼈의, 대지의, 모든 꿈, 상상이라는 삶, 꿈을 삭혀가는 사람들의 침묵, 그것이 궁금하다.

치열한 호흡과 화려한 시선과 데일 듯 뜨거운 열망이 모여 사는 사진 속 혹은 소설 속 불가능한 장면을 본다. 그 속의 사람들이 어디로 흩어지는지가 궁금하다. 그리고 우리들의 숨, 시선, 욕망은 어디서 만나는지도 궁금하다.
어디를 향하는 것일까, 모두는? 그리고 나는?
살고자 하는 사람들의 움직임, 그 몸부림의 최후가 궁금하다.

허공이 숨 가빴다. 숨이 가쁜 채로 멈춰버린 현재가,
아직 일어서지도 않았는데 또다시 낱장으로 넘겨지고 있다.
모든 궁금함은 뒤따라오는 궁금함이 넘어뜨리고 있다.

여전히 알 수 없는

너무 먼 과거를 보고 사느라 시력을 잃어버린 노파처럼
습관의 힘으로 떠나버리거나 혹은 다가오지 않는 것들
을 차례로 떠올렸다.

아. 무. 것. 도. 떠. 오. 르. 지. 않. 았. 다.

환하게 마주하고 있는 이 권태롭고 익숙한 일상이
이쪽을 혼란스럽게 하고 있다고 느꼈다.
그리곤 이 책의 결말을 떠올렸다.

아. 무. 것. 도. 떠. 오. 르. 지. 않. 았. 다.

여전히 궁금하지만 알 수 없는 그것은 종교처럼
맹목적일 수밖에 없는 것이다.

기록하려 한다

정지한 이곳과 달리 창밖의 세상은 너무나도 빠르게 변해가고 있었다. 좁은 방은 환기가 되질 않는다. 똑똑 노크하는 사람 없이, 오래 방치된 방이었다. 한쪽 모서리에서 주인도 없이 변색 되어가는 물건들은 먼지가 쌓이고 곰팡이가 핀 채 어둠의 곳곳에 널브러져 있었다.
제법 낡고, 형태를 알아볼 수 없는 종이들이 창의 틈새로 비춰 들어오는 미미한 볕에도 숨을 죽인 채 잠자코 있었다.

가늠할 수 없는, 더러는 조각뿐인 기록들,
이름조차 불러보지 못한 채 버려진, 한 사람의 이야기.

이제, 용기를 가지고 상자를 열어보기로 한다.
살, 기, 위, 해, 그것을 쏟아내려 한다.

이별이란 어떤 것일까 , 내가 아는 이별, 어두운, 상처입지 않는, 매정한 어떤 것, 아름다움직한 것을 다시 한번 보여주면서 질질 끌며, 찢어버리는 어떤 것. _R..M 릴케

ICH
BIN
MEIN
LIEBST
ER
STERN

Spruch zum Abschied

이별의 처방전

02

우리가 어떤 빛을 띠는지는 타올라봐야 알 수 있다.
서로의 고백이 어떤 색으로 생성되는지

임계점에 다다른 우리는
뜨거운 사랑의 맹세를 밤새 속삭이기도 했다.

이 글은
사랑이 끝난 이후에 찾아온다

우리의 만남은 끝이 났다.고 이 글을 시작하려 한다.
모든 빛을 다 소진하고 나서야 재처럼, 우리는 어둡게 내려앉은 서로를 마주하게 되었다. 우리의 마음이 이제 더는 타오르지 않음을, 서로가 어느 시점에서부터인가 사라져 가고 있음을 느꼈다. 당신은 나에게서, 나는 당신에게서, 다시는 피우지 못할 불꽃처럼 까마득하게 사그라져 갔다.

숱한 사랑의 고백은 한순간 터졌던 폭죽 속에 다 함축시켰으므로 나는 이제 손바닥 위에 놓여있는 한 줌의 재에 집중하려 한다. 여기 혼자된 시간 속에서 다, 그리워하고도 남은 것들만을 생각하려 한다.

그리하여 이 책은 이별, 이후의 이야기이다.
이제, 여기 사랑이 다 떠나가고 남은 자리에 놓여있는 밤, 별빛, 어둠, 그리고 발성되지 않았으므로 온전해진 무성의 정물들을 열거하는 데 온 마음을 다할 것이다.

자라지 않는 조화를 심고 물을 주듯

우리는 향기 없는 꽃을 사랑이라고 말했다.

창가에는 이미 말라서 시들어버린 화초가 있었고
어찌하지 못한 채 그것을 자주 바라봐야 했다.

물을 한껏 줬지만
화초는 살아날 기미가 보이지 않는다.

그러니까, 우리 사랑이 그러했다.

당신이라는 여행에서 돌아와
혼자 남은 방

사랑은 여행을 떠난 것도 같아서 나는 당신을 오래 방랑한 후에야 가까스로 돌아왔다. 피로한 밤, 별들이 인도하는 거리는 고요했다. 여행을 마치고 돌아오는 길목에는 버려야 할 것이 많았다. 떠날 때와 달리 발걸음이 무거워 주저앉고 싶기도 했다.
아무도 반기지 않은 빈집이 어느새 가까이에 닿아 있다. 손잡이를 잡은 채 두려운 암흑을 생각했다. 불안했지만, 이제 혼자만의 시간을 열어젖혀야 한다.

환기가 되지 않아 퀴퀴한 냄새가 나는 이 방의 창문을

열고 스위치를 켜며 얼마나 오래 집을 비운 걸까, 생각했다. 온기 없는 이 빈방은 불필요하게 컸다. 너무나도 커다란 정적이 방 안 구석구석에 놓여있었다. 남아있는 것들, 내 곁에 남아있는 것들을 생경한 감정과 함께 바라보았다.

포근했던 여행을 떠올려 보았으나 이상하게도 잘 떠올릴 수가 없고, 피로했으며, 시간은 잔인한 만큼 우리의 감정을 지우고 있다고 생각했다. 내가 다녀온 당신은 어쩌면 안개가 아니었을까 생각했다.
잡히지 않는 과거는 가뭇없이 사라져간다. 아마도 지금쯤 당신 곁의 나의 향기며, 이야기들이 서서히 지워지고 있을 것이다.

이제 우리는 더 이상 우리라 부를 수 없는 하찮은 단어가 되었다. 사랑은 흔한 조각이 되어 흩어져 갔다.
국적을 잃은 당신의 전화는 더 이상 연결되지 않을 것이다. 서로는 만날 수 없는 계절로 회귀한 것은 분명했다.
차갑고 냉랭한 방, 이런 생각만으로도 나는 독감에 걸린 것처럼 몸살이 났고, 무척이나 외로움을 느꼈다.

자다 깨기를 반복하며 바람의 소리가 뺨을 갈기는 극지를 계속 걷는 꿈을 꾸었다. 그 새하얀 공백을 한참 걷고 난 이후에야, 이곳에는 정말이지 아, 무, 도, 없음, 을 완전하게 알게 된 것이다.

당신 곁에서 무수히 재잘거렸던 다짐이며 희망, 그토록 애절했던 시간이 이제는 통째로 사라졌음을 인정하고 받아들여야 하는 것이다.
그 상실의 사실을 수긍하기까지, 나는 얼마간의 참혹한 추위에 더 떨어야 했다.

혼자 남은 독백

꽤 오래 잠들었던 것 같다.
어쩌면 꿈인 것 같아, 우리의 만남이 애초에 없었던 것 같은 생각이 드는 아침이다.
어둡고 음습한 이 방의 온도가 살결에 닿아도 낯설지 않을 만큼 충분한 몸살을 거쳐 회복되고 나서야, 나는 다시금 몸을 일으키며 잃어버린 목소리를 호흡하듯 내뱉는 것이다.

진짜, 나 혼자만, 남았네
진짜, 나 혼자만, 남았어

그러나 신기하게도 나 혼자만 남았다네,라는 독백을 뒤따르는 또 하나의 독백이 있었다.

'응, 그래, 나 혼자만, 남았어.'

그것은 내가 나에게 들려주는 목소리였다.
한번 터진 독백은 노래처럼 새어 나왔다.
점점 선명한 음색을 더해가는 그것은 요람과 같았다.
이 목소리는 이제 당신의 것이 아닌 나의 것이다.
나는 나의 온화한 목소리를 들으며 긴 잠에서 깨어나고 있었다. 후유증을 앓았던 나는 서서히 몸을 일으키며 말했다.

'시차 적응을 했던 거야,
우리에게도 견뎌야 할 시차가 있었던 거야.'

열려 있는 창틈 사이로 미세한 바람의 온기를 느꼈다.
나의 시간이, 당신의 시간에서 떨어져 나와 서서히 이곳을 데워가고 있었다.

이 독백은 이제 내가 나에게 들려주는 목소리다. 이별 후에 귀가한 나의 방에서, 흰 설원 위에 발자국을 찍어 보듯 하나씩 내뱉는 나의 최초의 목소리다.

나는 이제 완전히 나의 모국으로 돌아와 엉클어진 이곳을 구석구석 닦으며 풀을 심고, 물을 주고, 꽃을 키우리라 다짐한다.

이제부턴 온전히 나만을 위한 독백의 숲을 완성할 것이다. 작지만 온기가 있는 나의 나라를 운영할 것이다. 당신과 이별하고 돌아온 그날 밤. 내가 그토록 아프고 슬펐던 이유를 이제야 알게 된 것이다.

내가 슬픈 것은, 당신을 바라보면서, 내가 지닌 아름다운 빛이 점차 시들어 가는 것이었다.

종이위에 당신이라고 적는다.
그것이 종이의 것이 될 수 없는 것처럼.
깨끗한 지면위의 단어는 독립성을 지닌채 활보한다.

그러니까
당신을 잡는다고 해서 우리가 될 수 없었다.

당신이 없는 이곳에서 나의 독백이 방을 밝힌다.

남아있는 말들은 당신이 없음에도 불구하고
당신과 무관한 몸을 가진 채
내 주위를 단단하게 형성하고 있었다.
이제 그것이 나를 살게 하고, 위로할 것이다.

혼자만의 고독한 색채가 얼마나 아름다운 것인지
빛들이 밤하늘 위에 얼마나 눈부시게 생성되는지
나는 기록할 것이다.

방 안쪽으로 어느덧 햇살이 내리쬐었다.
이, 별은 이별함으로써 빛을 되찾아 간다.
나는 나의 별에서, 당신은 당신의 별에서
이 빛이 꺼지지 않기를 간절히 기원했다.

우리는 어디서부터 어디까지를 사랑이라고 말하는 걸까?

나를 스쳤던 무수한 살들에 대해 생각해 본다.
나를 감싸고 있는 막, 너를 감싸고 있는
그러니까 감싸짐으로써 보호받고
보호받음으로써 외로워지는 이 경계선에서
나가지 못하고 뒤척이는 우리의 몸부림에 대해서
단 하나의 헐거운 외투와 반복되는 계절에 대해서
나는 네가 되지 못하고, 너는 내가 되지 못한 채
서로를 더듬으며 자신의 고독을 확인하는
살이라는 이 경계선.

우리는 어디서부터 어디까지를 사랑이라고 말하는
걸까?

사랑, 이라는 꿈

그러니까 사랑이라는 것.
그것은 어쩌면 만날 수 없어서
만나고 싶은 우리들의 꿈 아닐까?

모두는 불가능한 것을 그리워하고 꿈꾸기 때문에
사랑을 염원하는 것 아닐까?

가까이에서 제일 먼 별

하늘엔 별똥별이 마지막 흔적을 긋고 사라진다.
사라지는 찰나의 별에 비하면 우리의 생은 속절없이 짧다. 떨어지는 유성우처럼, 생의 방점마다 차가운 생채기가 났다.
사랑하는 사람을 꼭 붙잡은 손이 점점 벌어지는 시차를 견디지 못하여 멀어져 갈 때, 미끄러지며 살결에 희미한 손톱자국을 남기듯, 우리는 잠시 한때의 몸부림이었는지도 모른다. 저 오랜 밤하늘 곁에서 어쩌면 사랑은 단 한 번의 몸짓에 불과했다.

저 별을 바라보며 당신과 나는, 가까이에서 제일 먼 별이 아닐까 생각했다.

너, 라는 행성

서로라는 말은 함부로 어울릴 수 없는 단어 같았다.
사랑이라는 것은, 우리의 근접할 수 없는 우주를 너무 자주 확인하는 행위 같아서 끌어안으면서, 꼭 끌어안으면서 우리는 서로의 경계선을 자주 만져야 했다.

사랑,
한 사람과, 한 사람이 단지 한 뼘의 거리를 두고
전혀 다른 우주를 굴리는 방식.

그러니까 눈물 한 방울도 섞일 수 없는
타인의 봉인된 맨살을 더듬고
들리지 않는 귀에 열렬한 혼잣말을 하는 것.

사랑과 이별의 연극

우리의 대화는
독백과 독백의 우연한 교집합 속에서
간신히 이어가는 듯했다.

깔깔깔 거리는 우리의 얼굴이
투명한 다른 장면의 층위로 쌓여간다.
아주 가까이 있다는 우리들의 위로
그러나 사랑은 저편으로 손을 뻗어도
도달하지 못하는 평행세계 같아서
온전한 대화로 연결되지 못한 채
마치 관객이 없는 무대의 혼잣말처럼
짓거리다, 만난 듯하다가, 기대하다가
울다가 또다시 웃는
그러니까 사랑은
다 다른 종이 위에 쓰인 고독의 이야기 같아서,

어쩌면 낱장으로 완성되는 저마다의 삶,
그 혼잣말들이 모여 화음을 이루는 것 같은 환청 속에서

우리는 오늘도
저 혼자
손을 내밀고
저 혼자
손을 밀치는

사랑과 이별의 연극을 반복하는지도 모른다.

고슴도치처럼

창문을 검게 다 칠한 후에야 너는 온다. 표정 없는 안부를 자주 비벼 꺼야 했다. 창을 닫아도 속삭이는 별빛은 많은데 등 뒤로 떠오른 너의 별만은 알 수가 없고, 잠이 든 너를 보면서 점차 뾰족해지는 마음. 그런 식으로 어둠은 파고들고 '손을 뻗으면 너의 꿈속에 닿을 것 같아, 밤의 강가에서 영원히 부유하는 나를 본다.' 나는 이런 생각만으로 쉽게 넘어지는 사람. 이미 네 곁에서 오래 낡아 버린 사람.
잠이 들면 모든 것이 끝장날 것 같아서 시력을 잃기로 마음먹은 밤.

고슴도치처럼 자라나는 마음. 그것으로 곤히 잠든 너의 등조차 찌를 수 없었다. 나는 당신의 마음에 닿는 방법을 알 수 없어서 시름 했다. 우리의 이 밤은 영원히 만날 수 없을 것 같다.

공격하기 가장 좋은 조건

이별은 나의 실패처럼 다가왔다. 그것은 나 자신의 한계를 증명하는 단어 같았다. 실제로 자신과 가장 치열한 분쟁을 할 때는 누군가를 사랑할 때이다. 누군가와 깊이 관계가 될 때, 비로소 나의 본 모습이 드러나는 것이다. 늘 타인의 모습 속에서 불완전한 내 모습을 대면해야 했다. 어린아이처럼, 나는 당신의 마음속에서 자주 울곤 했다. 나의 불완전한 마음이 당신에게 끝없이 투정 부리고 방어기제가 손바닥 뒤집듯 발생했다. 제어할 겨를이 없이, 눈 깜빡할 사이에 사랑은 애착이 되고, 애증이 되고 증오가, 상처가 되어갔다.

어쩌면 사랑은 상대에게 공격하기 가장 좋은 조건인지도 모른다. 당신의 상처가 나를, 나의 상처가 당신을, 싸우기 좋은 적소로 여겼는지도 모른다. 자신의 흉터를 바라보기 힘들어서, 상실이 두려워서, 혹은 내면이 자주 불안해서, 우리는 자주 상처를 주고받으며 벽장 안으로 숨어버리고 싶었는지도 모른다.
결국, 헤어짐은 분명 자신의 패배와도 같았다.

너와 나의 우주

1.

너, 라는 행성은 이, 별의 궤도를 벗어나는 중이다.
우리는 더 이상 닿지 않는 먼 미지를 향해 오늘도 수만리 멀어져 간다.
우리는 저마다의 굴레를 산다. 이 삶의 중력은 연기할 수도, 보류할 수도 없어서 나는 계속해서 자전해야 했다.

당황하지 않을 것.
당신의 풍경이 꿈속에 나타나더라도
당황하지 않을 것.
우리는 한 번쯤 만나지 못했거나 만났거나
그리하여 만날 수 없는, 없는 사람들.

내가 할 수 있는 유일한 일은
멈추지 않는 시간처럼
전신을 서서히 밀어내는 것이다.

2.

저 하늘의 무수한 별들을 본다. 자주 미끄러지는 평행세계를 본다. 자신의 중심축으로부터 빠르게 혹은 느리게 자전하는 당신들을 본다.
비처럼 같이 낙하했던 당신들, 산발적으로 부딪혔던 마음들. 우리는 우연히 한 지점에서 마주치기도 했고, 말을 건넨 것 같았으며 나란히 손을 잡을 듯하였다. 껴안는 듯하였고, 위로받을 것 같았다. 영원히 사랑할 것 같았다. 그렇게 모두는 떠나갔다.

나는 언젠가 당신을 만날 것이고
또는 만나지 못할 것이므로. 이제는 개의치 않고
밤 하늘의 저 별들처럼 각자 생의 길을 완주하는 일에 몰두할 것이다.

나는 당신을 쏠 수는 있어도
당신의 마음을 쏠 수는 없었다.

ICH
BIN
MEIN
LIEBST
-ER
STERN

03

기다리지 않아도 다가오는 것들
다가와서 떠나는 모든 것들

어쩌면

1.

당신들이 떠나고 남은 자리엔 느낌만 남아 나를 다하고 있었다. 어쩌면 세상은, 느낌이 전부일 것이라 생각했다.

2.

그리움이란 과거를 향한 것만은 아니다.
모종의 상실감,
그러니깐 모든 미지로부터의 갈망이다.

3.

어쩌면 나는 이 세상에 없는 것,
그리운 것을 영원히 사랑하기 위해 태어난 것 같다.

당신이라는 문장

쉼표와 마침표 사이에 우리가 있다.
우리는 자주 사랑을 이야기했다.
계속 써야 할 이 만남의 최후가 궁금하다.
문단을 바꾼다.
계속해서 발생하는 문장 속에 결말은 없고,
주어가 계속 바뀐다.

당신, 그리고 당신
그리고
당신

책장을 넘기듯 계속되는 꿈속에는 당신들이 많았다.
그러나 눈을 뜬 이곳에는 놀라운 햇살처럼 아무도 남지 않았다. 그리고 당신.
아직 모르는 당신의 단어도 궁금해서, 짐짓 태연한 척
알 수 없는 책의 뒷장을 만지작거린다.

안녕을 위해

쓰여진 문장은 엎질러진 현재이고 돌이킬 수 없는 과거이다.
삶을 다시 앞 장으로 되돌리는 건 불가능한 일이다. 우리는 순간을 기록하고, 또 그것이 영원히 버려져야 함을 망각해선 안 된다. 그렇게 적으며 가까스로 다음 장으로 넘어왔다. 나는 나였던 지난 나를 뒤로한 채 쓰여지지 않는 미지로 향하는 중이다.

이름조차 불러보지 못한 숱한 사건들 속의 나에게 후회로 남고 싶지 않아서, 마지막 작별 인사를 하는 것.
속수무책으로 사라져간 날들의 안녕을 위해 기도하는 것. 그것이 내가 나를 위해 할 수 있는 일이고, 현재를 견디는 방식이다.

그래, 잘 있었니

1.

'그래, 잘 있었니.'

멀리 던진 과거는 꼭 가까이에 떨어진다.
저 혼자 자생하며 나 없는 세상을 잘도 꾸려간다.

2.

삶의 몸살이 잦다.
온통 잡히지 않은 것들이 이곳을 한껏 주무르다 갔다.

3.

어느 기억의 지류를 잠시 흘러가는 것만으로도 그곳의 열병을 옮을 때가 있다. 다른 시제가 되어버린 사람들은 침식하는 나를 무심히 지나쳐 갔다. 붙잡지도, 그렇다고 완전히 떠나지도 않으면서, 잊힌 몸살만이 이 몸을 점령한다.

이별의 장례식

오늘도 현존의 변두리 밖으로
스쳐 지나갔던 사람들을 일렬로 세웠다.
그들은, 검은 조문객이 되어 너머로 걸어가고 있었다.

이별,
서로가 다시 낯설어짐으로 운명을 달리하는 것.
죽을 때까지 만날 수 없는 삶이 되어버린 사랑하는 사람들. 그들은 여전히 꽃을 들고 긴 행렬과 함께 나를 배웅했다.

하나인 것처럼 살다가, 또다시 혼자된
만날 수 없는 타지로 이행하는 우리는
매일 이별의 장례식을 치른다.

부치지 못한 편지

창밖으로, 잘 접은 편지를 날렸다.
그것은 새 한 마리처럼 서서히 하강했다.
나뭇가지에 매달린, 구겨진 편지는 고백하지 않는다.
사랑이 되지 못한 단어들이 실패한 채로
하얗게 누워 죽은 새를 흉내 내고 있었다.

단어와 마음이, 마주 보며 서로를 모르는 체했다.

구겨진 편지는 고백하지 않는다

마음을 다해 편지를 썼다.
지우고 고쳐 쓰며 당신을 생각했다.
수신자를 잃은 빼곡한 문장은 갈 곳이 없어서
때로는 비행기를 접고
때로는 종이 새를 접고
때론 두 주먹을 꼭 쥐었다.

날지 않는다, 울지 않는다.
구겨진 편지는 고백하지 않는다.
문장을 다 지운 그 자리엔
곁에 남아 나를 돌보는 침묵들.

밤이 내린다.
나의 편지는 한 장뿐이며
마음을 멈출 수 없었으므로
검게 물들어가는 백지를 만지며 논다.
미련 없이 놀았다.

모든 바람이 지나갔다.
사랑이 되지 못한 단어만 남아 나를 돌본다.

이제 나는 영원히 지속될 것 같은 이 시간을
사랑이라 부르기로 했다.

무관

1.

아름다운 밤 같다, 고 생각했다.
'이건 허상에 가깝다, 미학적으로 가라앉은 어둠은'

화초를 바라다보면, 꽃들은 말을 걸지 않았다.
꽃의 심장에 귀를 대어보면 빗소리가 들린다.
꽃은 여름이 끝나도록 반복된다.

빗물이 울먹이듯 내렸다.
나부터 너까지 울어야 할 빗방울이 얼마나 많을까,
이 밤의 벽 뒤로 모르는 얼굴은 또 얼마나 많을까,
손가락들은 또 얼마나 많은 얼굴을 가리고 있는가,
이 벽과 저 벽 사이에
다 다른 우리의 시차는 얼마나 더 멀어져야 할까?

너머의 너와 이쪽의 내가, 무관한 채로 서서히 저물어
간다.

2.

무관하다.

뜯어진 손톱과 주름진 손은 무관하다
널어놓은 빨래와 널브러진 몸은 무관하다

한 장의 편지와 기대는 무관하다
허공과 공허는 무관하다
어둠과 슬픔은 무관하다
창문과 별빛도, 바닥과 좌절도 무관하다
꽉 깨문 입술은 각오와 무관하다

엎드려 눈을 감으면,
베개와 눈물은 무관하다
이불과 이별은 무관하다
이별과 이 별은 무관하다
나와 당신이 무관한 것처럼.

3.

새가 되지 못한 장식품
노래가 되지 못한 악보
꽃이 되지 못한 그림들
그리고 말이 되지 못한 문장들

다시 마음이 되지 못한 편지들
이해가 되지 못한 이해
그런 것들이 모두 무관한 채
이 어둠 위에 놓여있는 것이다.

언제나 이곳엔 네가 되지 못한 나와
우리가 되지 못한 우리가 있었다.

밤의 눈동자는 울혈의 장소

밤의 얼굴 위에 활착하는 당신들이 많았다.
그러니까 눈을 감아도 보이는 것이 많았다.

점막에는 오늘의 어둠이 몸을 담근다.
각막의 안쪽으로 자꾸만 습한 것들이 몰려든다.
떠나간 사람들이 친한 척하며 자꾸만 뛰어든다.

죽지도 않는 것들이 끝없이 영역을 확보하고 있다.

그날의 풍경은 어디에서

가령 이런 것들이 궁금한 것이다.

대지는 얼마나 많은 이야기를 견디고 있나?
꺾여진 꽃들의 영혼은 어디서 쉬어가나?

사방으로 흩어지던 당신들, 그곳은 어디일까?
우리, 언제 다시 만날까?
풍경 속에는 여백으로만 남는 사람들이 많아진다.
그들은 어디에 모여 있을까?

그러니까,
그날의 풍경은 어디에서 손짓할까?

안녕

봄날의 청소를 했다. 다락에서 먼지 가득 묻은 상자를 털면 그곳에는 온갖 사람들이 차곡차곡 쌓여 있었다. 차마 버리지 못한 기억들은 심심한 소리를 내며 잠자코 있다가 어느 날 불시에 터져 나오기도 한다.
언젠가 당신에게 속삭였던 편지의 한 구절을 떠올렸다.

'아파서 자다 깨다 자다 깨다 한다. 뭐가 예쁘다고 이것저것 챙겨주는 네가 고마워서 숨결에 스며드는 봄 온기처럼 다 고맙다. 살아있어 줘서 감사하다. 꽃도 너도.
가난한 내가 가진 유일한 건, 당신과 봄날뿐이다.'

이제는 아무런 의미가 없을, 불가능한 문장들을 곱씹어 보며 지난 시간에 대한 안녕을 기원했다.
가난한 내가 가진 유일한 건 이제 봄날뿐이지만, 그것만으로도 세상은 눈부시고 살아갈 의미가 있다고, 다행히 말할 수 있다.
안녕, 안녕! 인사를 해야 할 것들이 많아진다.

봉제 인형처럼

탁자에 앉아 풍경을 바라본다.
거대한 풍경과 함께, 나는 재빠르게 내일로 건너간다.
만원의 지하철에서 중력을 지탱하는 저마다의 사람들처럼, 피로와 권태와 압박이 고도로 응집된 시제와 함께 우리는 같이 떠나가는 중이다.

거친 물살에 휩쓸려버려서 어쩌지 못하는 봉제 인형같이, 우리의 시간은 계속해서 어딘가로 쳐 밀려가는 것이다.
인파와 인파, 시선과 시선, 소음과 소음,
익명과 익명, 물질과 물질의 뒤섞임.
나, 그리고 너는 의지와 무관하게 이동한다.

보낸다

봄의 이마를 만진다.
침상에 들 무렵엔 다시 오지 않을 것들의
온기를 느꼈다.

모두가 다시 외로워질 시간이 오면 계절은
나 아직 있다고, 속삭이는 듯 선선하고 온화한 바람을
보내는 것이다.

보낸다. 한 계절이 지나가기 전에
내 마음이, 어떤 마음에게

결코 다시는 돌아오지 않는 메아리로
못다 한 고백을 하듯,
잊힐 것들을 보낸다.

낡은 신발들

1.

어렴풋한 기억 속 골목엔 버려진 신발이 있었다.
신발 더미에서 너무 많은 길이 쏟아져 나왔다.
밑창에 묻은 흙들은 고향이 다르다.

그래도 서로는 잘 어울렸다.

2.

기억나지 않는 것들은 많다. 가령 자주 신다가 쉽게 버려지는 낡은 신발들. 생을 걷고 절기를 버티고, 같이 달음질치던 시절의 것들은 내가 가진 유일한 무기였고 벗이었고, 위안이었다.

행방을 알 수 없는 발의 기억을 되짚어 보듯, 바닥을 바라본다. 당돌했던 시절에 무수히 찍었던 의지와 찍힌 채로 지워져 버린 발자국 같은 것을 희미하게 떠올려본다.

3.

바닥을 본다고 잃어버린 신발을 찾을 수 있는 것도 아니면서, 나는 멀어지는 마음을 너무도 오래 생각했다.

4.

나는 알지 못한다.
꽃들의 울음을, 풀벌레의 기일을
천 리 밖에서 누군가 다가오는 소리를
흙의 오랜 침묵을, 그림자의 생애를
어디에서 와서 어디로 가는지

한자리에 서서, 어떤 자세로 인내해야 하는지를
발을 헛디디며 서로가 빗나가는 지점을
서로가 어느 방향으로 흩어지는지를
길 위에서 마지막 달빛을 대신 신어보는 신발처럼
나는 아무것도 모른 채 세상에 서 있다.

5.

각인된 별빛, 빛바랜 얼룩, 주름, 자주 밟아 보았던 그림자, 그런 것들을 추리하는 날이 많았다. 멀어진 기억을 찾을 수 있는 것도 아니면서.

정지된 장면

시간은 무자비하게 빠른 속도로 흘러간다. 그러나 어떤 시간은 마음을 만나 불멸을 획득하기도 한다.
나는 영원히 정지된 장면을 여러 개 가지고 있다.

한때의 당신, 혹은 풍경들, 움직임과 목소리, 감각과 시선은 조건 없이 마음에 현상되어 두고두고 꺼내 보게 되는 것이다. 쌓여가는 것이다.

나의 일기가
나의 목소리를 잃을 때

정작 아쉬운 것은 지나간 당신들이 아니다.
내 편이라 믿었던, 간절했고 위로가 되었던
한때의 생각들마저도 너무 멀리 떠나갈 때,
나의 일기가 나의 목소리를 잃을 때,
나는 사무치는 외로움을 느낀다.
나조차도 나와 멀어지는 일, 얼마나 외로운 일인가.

나의 생태

내 안의 나라, 쏟아져 내리는 길, 많은 사람. 그들은 자주 무겁고 수시로 덜컹거리지만, 이따금 쏟아내고 나면 조금은 살만해지는 것이다.

누군가 곁을 떠난다는 것이 이제는 슬프다기보다 홀가분함이 앞선다. 일부러 떠나려 하진 않지만, 그렇다고 같이 걷자고 애쓰지 않는 것은 나의 오래된 습성이므로, 이 태연함이 때때로 사람들의 기대를 저버리게 하지만 언제까지고 나의 생태로 살고 있다.

사는 동안은, 살고 싶기 때문이다.

사라진 당신들의 기억은 이제
여기 한 장의 공란으로 남겨두고
나는 곁에 남아있는 것들에 대한 이야기를 시작해야겠다.

Unendliches Sprechen 넘쳐흐르는 말

04

완성되지 않은 이야기들은, 완성되지 않은 채
여기에 계속 발생한다.
분리수거를 하지 않은 감정들이 오래오래 묵혀 있다.

불필요한 말이 많다.
습관적으로 제조되는, 나는 말들의 공장이다.

세상의 뒷면에서 부스럭거리며 이상한 소리를 내는
나는, 나의 마음에 좋은 언어를 줄 수 없어서
자꾸만 커져가는 목소리를 근심했다.

언어가 되지 못한 글들을 자주 꺼내어 보았다.
버려진 말들이 사람을 그리워하며
계속 쌓여 가고 있었다.

나, 라는 우주

침묵하는 것은 그 내면으로 나를 들이게 한다. 지나치게 고요한 생의 밀실, 그 안에 엎드린 채, 귀를 세우면 들리지 않는 소리를 듣는 청각이 있다. 마음이 대화를 시작한다.

나는 이제 이 적요 속에서 내면에 잠재된 우주를 구현하는 방법에 몰두할 것이다. 팽창하는 별들의 목소리를 들을 것이다. 빛의 이야기를 구사할 것이다.
그것을 위해서라면, 손짓, 발짓, 눈물, 발악 무엇이라도 좋다. 나의 자식, 나라는 어미, 별의 모성으로서, 나를 대변할 것이다.

생은 사방에서 발광하고, 나라는 우주는 늘 간절한 방식으로 호소한다.

커다란 침묵

우리는 이따금 고요가 필요했다.
말에는 관점이 많았다.

출렁이는 물과 물처럼, 우리는
말과 말이 섞이는 멀미를 견뎌야 했다.

하고 싶은 말
하지 못한 말
할 수 없는 말

이러한 숱한 말들이 모여 커다란 침묵을 만들어낸다.

검은 고요

창밖으로 뭇별이 껌뻑껌뻑했다. 검은 고요가 놓여 있었다. 별빛과도 같은, 소리 없는 메아리는 오늘도 하루를 돌아 몸에 박힌다. 목청에는 가래처럼 붙어서 간지러운 말들도 많았다. 이따금 폐부를 들어내듯 재채기로 나오는 말들은 아팠다.

침상에 누워 눈을 감아야 했다. 습관은 잠의 앞에서 가만히 발생하는 마음의 노래를 엮고 있다. 들리지 않는 외침은 운율을 지으며 이상한 길을 열고 있었다.

언어를 걷는다. 길목마다 침식하는 문장과 도발하는 음절을, 그러니까 한 치 앞도 전혀 가늠할 수 없는 미지의 시제를, 저 별에서 발설하지 못한 비밀을 열거해 보듯 걸어보는 것이다.

이 시간, 가장 애틋한 것들.
그것들을 조심히 쓰다듬으며 잠이 들 것이다.

당나귀 귀

몸을 얻지 못한 말들에게도 예쁜 이름을 지어주고 싶을 때가 있다. 알 수 없는 감정에 휩싸일 때, 어떤 형태로 드러내고 싶은데, 출가하지 못한 목소리는 안에서 반드시 몸을 불리고, 말할 수 없는 비밀이 쌓이다 보면 누구에게든 발설하고 싶을 때가 있다. 당나귀 귀가 필요할 때가 있다. 목까지 치밀어 오르는 나의 목소리가 그리울 때가 있다.
이따금 넘치는 느낌에 가슴이 울렁거리면, '당신도 그렇죠?' 라고 방백의 대사를 건넨다. 길을 걷다가 눈을 마주친 낯선 사람 앞에서 '우리 같이 밥 먹을래요?' 와 같은, 한 번도 던져지지 않은 고백들.
모르는 척 지나치는 거리의 암묵 속에 절대적인 공감이 있다. 세상의 안과 밖에서, 저 홀로 맺혀 있는 사람들에게, 이대로 서로를 제발 모르는 척해달라고 힘껏 밀치는 이상한 방식으로, 너무나도 친근한 안부를 묻고 싶다. 그렇게 누군가에게 낱낱이 들켜버리는 방식으로, 이 목소리를 숨기고 싶다.

말들이 기거하는 방

1.

온몸으로 고백을 하는 것들을 본다.
꽃들이 어둠 사이로, 움츠린 꽃망울 사이로
옅은 숨을 쉰다.
은은한 꽃의 향은 독백과도 같아서
침묵은 밤의 호흡이 아닐까 생각했다.

암산의 구석구석을 밝히는 달빛처럼
방문을 잠그자 서서히 부풀어 오르는 그림자처럼
우주의 깊이를 측량하는 고독처럼
절벽을 낙하하는 비명처럼
나의 침묵은 서서히 퍼져나갔다.
소리 없는 소음에 귀를 먹을 것 같았다.

2.

내가 던진 메아리는 꼭 나에게 와 다시 박혔다.
소화하거나, 토해내지 못한 말들은 어금니가 다 부서지도록 곱씹었다. 그러고도 포기한 말들은 어둠과 함께 뒤섞여 있었다.
모든 침묵의 끝에는 얼마나 많은 침묵이 다시 발생하는지 모른다. 뱉어내지 못한 말들이 정착한,
침묵은 말들의 무덤 같았다.

3.

들숨과 날숨뿐인 내 안에서 한 줄기 광선과 같이, 얇은 호흡을 막 찢고 나온 목소리가 있다. 또다시 버려지고 말 옹알이들이 동시에 터져 나오느라 이상한 소리가 났다.

나 없이도 잘 살아가는 낯선 울림은 타인의 몸처럼 느껴지기도 했다. 나는 부서진 언어의 잡음과도 어울리지 못했다. 귀를 막고 누우면 그것은 내 안에서 밤새 키득 일 것 같았다.

4.

무덤과 같은 이 내부엔 오래오래 기생하는 여자가 있다. 그녀는 밤마다 몸속에 앉아 자꾸만 노래를 불렀다. 오래 발효된 메아리가 복도를 쓸고 다녔다. 오늘도 그것들을 들으며 잠든다.

느낌의 자서전

1.

봄별이 이마로 떨어져 내렸다.
왠지 낯설고도 긴밀하다,
오래 그물에 갇힌 감정이 대어처럼 파닥거렸다.
이 느낌의 이름을 뭐라고 불러야 할까?
이 순간의 느낌을 어떤 방식으로 들어낼 수 있을까?

나는 순간의 느낌을, 이렇게 이상한 말을 통해 가능한 한
비슷하게 연출해 볼 뿐이다.
이 글은 결국 아무것도 재현할 수 없음을 잘 안다.
느끼지 않고서는 살 수가 없는 병,
형상을 갖지 못하는 감각의 집착을 견디지 못해서
느낌이 투신한 자리에서 탐정가처럼 그것을 추리하는
나는, 사라진 것들만을 골몰하는 사람, 그리워하는 사람,
그러니까 느낌은,
이 방에서 서성이다 떠난 누군가의 향기 같았다.

2.

나는 나의 지병 속에 히스테릭하게 상기되는 말의 윤곽을 확신한다. 느낌의 기운, 영혼의 온기를 신뢰한다.
여기, 험난한 지형 속에서 운무처럼 내려앉은 메아리를 본다. 그것은 잡으려 할수록 사라지는 성질을 지녔다.
고백할수록 빛을 잃어가는 것들이 많아서, 거리를 두고 바라보는 것 말고는 내가 할 수 있는 것이 없었다.
멀리 혹은 가까이에서, 존재함으로써 마음을 다하는 느낌은 언제나 불투명한 공기와도 같다.
본질적 요소는 만질 수 없는 영역이기에, 언제까지나 본질을 열어보지 않는 방식만으로 나의 사색은 유효한 것이다.

오감 이외의 감각을 갖고 싶었다. 이 몸을 넘어서 아직 발견된 적 없는 느낌과 경험하지 못한, 다른 감각을 알고 싶었다. 하루하루 내게 허락된 느낌의 단상을 잠깐만이라도 곁에 머물게 두고 싶을 뿐이다.

3.

나는 태어남과 함께 어떤 것도 명확하거나 완성되지 않았다. 만약 나의 자화상을 그린다면 조립할 수 없는 느낌의 조각들로 채워야 할 것이다.
지금도 이 주위를 맴도는 이 보이지 않는 느낌의 체온처럼, 나 역시 세상 속에 그리고 당신 속에 어렴풋이 느낌만으로 존재하지 않을까, 생각했다.

그리하여 오늘도 쓸 수 없는 글을 쓴다. 나의 이야기는 문장이 될 수 없고, 다만 테이블에 앉아 다가올 느낌을 기다리며 백지를 쓰다듬을 뿐이다.

백지는 쓰다듬을 수록 빛이 났다. 이렇게 이상한 말을 함으로써, 나는 세상 속에 최선을 다해 존재하고 있다.

단 한 마디의 오지 않는 목소리를 듣기 위해 하루를 온종일 서서 기다린다. 많은 일을 포기한 채 기별도 없는 무언가를 위해 인내한다.
불투명 커튼을 드리운, 낯선 자의 방을 염탐하듯 오지도 않고 짐작할 수도 없는 결말을 시간을 기다리듯 가만히 풍경을 넘겨보고 있었다.

4.

추상만으로 지어진 거대한 숲에서 노랫소리가 들리는 듯하다. 소리 잃은 새들은 알 수 없는 자음과 모음만을 주식으로 삼는다. 바람이 모래알을 쓸어버리듯, 느낌이 날리는 하얀 대지 위에 단어를 심고 물을 준다.

5.

심해 속에서 수천만 밤을 새우고 아무것도 건져 올리지 못한 그물은 문장이다. 그것은 지상의 것보다 더 큰 대어를 세계의 밖에서 낚고 있을지도 모른다.

6.

나에게 느낌이란, 알파의 시간으로 흘러 들어가는 일련의 주술 같다고 할까? 혹은 어딘가에 두고 태어난 오랜 모국의 언어라고 할까? 선험적인 본능과도 같은 걸까?

느낌에 홀린 듯 따라가 보는 이상한 방식으로, 기형의 단어를 하나씩 줍는 것이다.
해체된 느낌들을 만져보며 기술할 수 없는 그 세계에 빠져죽어도 좋겠다고 생각했다.

7.

살점과 내장을 허공에 다 뜯기고 남은 흰 뼈처럼 말의 골조만 밤새 빛이 났다.
말하려고 했던 말보다, 잃어버린 말이 더 많았고,
하고 싶은 말보다는 할 수 없는 것들이 더 많았다.

살 없는 감정은, 감정의 유곽만을 드러낸 채 아무도 살지 않는 무덤 같다, 라고 쓴다.

마음의 조리개를 조인다.
중심에서부터 환해지는 느낌만을 골라낸다,
오늘도, 그 속에서 오래오래 살 것이다.

이 책의 원제목은 〈느낌의 자서전〉 이었으나 출판 직전에 〈이, 별의 사각지대〉로 이름을 바꾸게 되었습니다. 책을 느낌만으로 충만한 하나의 추상화처럼 쓰고자 하였습니다. 초판 〈이, 별의 사각지대〉에는 느낌의 자서전 파트가 있었지만 여러 고민 끝에 그 파트를 삭제한 채, 약간의 수정, 그리고 몇 개의 구절만 가져와 이번 책에 실었습니다.

어떤 동사는
말을 갖지 못한 채 목울대 안에서 농익는 열매 같다.
상한 채로 과즙을 흘리는 마음, 같다.

혼잣말

1.

허공중에도 이야기들이 넘쳐난다.
문 없는 백지 위에,
말이 되지 못한 그것들이 먼지를 키우고 있다.

2.

삶이 통째로 독백인 사람이 있다.
내 목소리가 거쳐 간 곳,
내 목소리가 머무는 곳,
나는 저 혼자 시끄러운 사람이다.

3.

나의 혼잣말은
당신의 목까지 차오른, 당신의 목소리이기도 하다.

비 내리는 새벽이 아쉬워 밤잠을 설쳤다는 핑계를 댄다.
창가에 서서, 이 어둠을 한참 들여다보았다.

창 안으로 오열하는 한 사람의 목소리가 새어 들어왔다.
이 비 내리는 어둠 속, 울음이라니,
그것이 얼마나 아픈 건지 가늠할 수도 없다.

저 멀리 얼굴조차 모르는 익명의 마음도 이렇게 한 사람의 마음에 쉽게 개입된다.

말의 주인

세상 모든 동물은 발화와 동시에 청취의 욕구를 지닌다. 어떤 말을 한다는 것은 분명 타자의 대답까지도 필요한 문장인 것이다.

수많은 독백의 밤. 부유하는 말들이 들어 줄 리 만무한 적요 속에서 오랫동안 말의 주인을 기다린다.
얼마나 끔찍하고 불안한 어두움인가. 속수무책으로 파고 드는 이 징후에 대해 누가 구원해 줄 수 있을까.

어느덧 세상의 모든 직립 보행들은 단 하나의 대답을 찾기 위해 오래 길 위에서 방황한다. 그러나 아무도 들어줄 이 없다. 죽, 을, 것, 같, 은, 불, 안, 속, 에, 서,

세상 모든 동물은 이제 저 혼자 말하고 저 혼자 대답하는 언어를 발명하기 시작한다.
글을 쓰는 행위를 지속하는 모든 사람은 죽음을 견디고 있다.

그림자를 편애하는 사람들과 오래오래 사귀고 싶다.

ICH
BIN
MEIN
LIEBST
-ER
STERN

In meinem Schatten

그림자 기법

05

물질

1.

허공이 비좁다. 이곳에 밀봉된 네모반듯한 물상에 몸이 자주 경직되며, 피로를 느낀다. 순환의 바람이 필요하다. 강경한 사물들 속에서 위축된 감각의 기민한 호흡으로 하루를 밀어 보고 있다. 빛과 소음이 여기저기 투과한다. 초점을 맞출 때마다 전혀 다른 세상이 굴절된다.

애초에 나는 사람의 형상을 한, 조금 다른 질료로 구성된 것이 분명하다. 나는 육체와 다른 꿈을 살고 다른 생각을 가진다. 어쩌면 나는 인간이 아닌, 인간이 없는 원시적 세계를 그리워하는 것 같다.

살이라는 표피는 나를 잘 숨기는 물질이다. 그리움은 사람이 아닌 것에서 묻어난다. 타자는 다른 풍경 속에 앉아있는 내 어깨를 미친 듯이 흔들어 놓는다. 낯선 사물들을 욱여넣는다. 건물과 자동차, 그리고 각이 많은 인간과, 달콤한 이빨 같은 견딜 수 없는 것들이 내 안에 두서없이 나뒹군다. 인간들은 이곳에 인간의 행렬을 세우고 군림한다. 나는 자주 으깨지는 물질이다. 통과 당하고 침투당함으로써 기능이 마비된 허공이다.

2.

언젠가 지켜내고 싶은 꿈이었다.
감히 스스로조차 손 닿는 것도 겁나는, 연약하고 둥근 나라가 내 안에 있었다. 훼손될 것 같아 나조차도 만져보지 못하는 그 나라에, 타자들이 자꾸만 배를 가르고 훼손하며 독식한다.

자주, 마음이 더럽혀지는 것을 어쩌지 못했다. 그러나 내가 가진 유일한 무기는, 진흙탕 속을 나뒹굴면서도 빛을 잃지 않겠다는 각오이다. 절대 타협하지 않겠다는 신념이다. 오늘도 진창이 되어버린 육체의 안쪽으로 반짝이는 것들을 자주 생각했다.

신기루

창밖을 오래 바라보았다. 무언가 잃어버린 눈빛으로 세상을 내려다보고 있었는지도 모른다.
집들은 모든 여백을 빼곡히 차지하고 있다. 쉬어가는 하늘이 없음을 바라본다.
실재의 너머는 수류가 드센 어항 속 세계 같았다.
저 화려한 풍경을 바라보며 빽빽한 건물만 남은 채 멸종된 인간 이후의 삶을 상상해본다. 세상의 모든 욕망이 끝나면, 이 땅에는 무엇이 남을까, 라는 의문과 함께 폐허 이후의 삶을 생각한다.

어느 날 삶이 내게 모래바람이 이는 이곳을 가짜라고 말한다면, 열심히 살고 있었는데 어느 날 저편에서 진짜의 삶이 나타난다면. 그러니까 어쩌면 이 현실은 꿈일지도 모른다.
우리가 진짜라고 믿는, 이 세계의 화려한 바람을 걷어낸다면.

불안의 모성

단지 맑은 겨울날, 지극한 평화로부터
아무 일도 일어나지 않음의 분리 불안증.
불안이 오지 않는 것에 대한 이상한 불안이 있다.
불안의 어미는 젖을 물리고 내 귀에 불안을 속삭인다.

혈연을 끊는 것은 어렵다. 너무나도 어려워 보인다.
불안은 내 전반적인 삶에 개입하여 너무 많은 것을 대신
하고 있다.
나는 불안의 모성을 박차고 나와
온전한 나 자신으로 독립하고 싶었다.

멜랑꼴리

바람 한 점 불지 않는 날이다.

한 개의 낙엽이 내려앉듯
내가, 나도 모르는 곳으로 흘러가는 것을 본다.
그렇게 방심한 순간, 어느덧 도착한 지점은
쉽게 빠져나오지 못하는 우물이었다.
나의 감각은 그곳에서 잊고 싶은 어떤 느낌을 만지고 있다.

이따금 알 수 없는 슬픔이 밀려들 때가 있다.
다 다른 연대의 슬픔이 동시에 방문했다.
그들은 이 집을 점령한 채 제멋대로 굴기도 했다.

무한반복

세탁기에 온몸을 잔뜩 구겨 넣는 오후.

어쩌면 저렇게 검은 주름이 많나,
손목은 자주 더러워지고, 살들이 헐겁다.
우리는 무엇을 이렇게 반복해야 하나,
시간은 또 얼마나 빨리 흐르는가,
가만히 앉아 잔주름을 긋고 있는 이 권태의 하루가
얼마나 생경한 방식으로 지나가는지 보고 있었다.

빨래를 지켜보느라 한 해가 지나가는 것도 모른 채,
일상의 쳇바퀴 속에서 나는 무수히 반복되고 있다.

권태의 방

눈을 지긋이 열고 깨어난 아침, 여느 때와 다름없이 물고기가 없는 어항 속, 여과기의 물소리가 잠결을 방해했다. 간밤 온도는 미열처럼 내 안을 감싸고돌았다. 암막 커튼을 열자 천장에서부터 퍼져나가는 햇살이, 이쪽과 무관하게 고요와 적막을 차차 먹어 치우고 있었다.

삶이라는 것은 불편하고, 지독한 불면의 연속과도 같이 느껴졌다. 오늘이 며칠인지, 얼마나 오랜 잠을 설쳤는지 말해줄 사람이 없다. 목 뒤에서부터 깨어나는 뻐근한 감각만이 가끔 생존을 가늠할 뿐이다.

습관처럼 케냐산 커피를 내리고, 커다란 창을 주시한다. 어디론가 향하는 잘 차려입은 사람들, 화사한 걸음걸이, 클랙슨의 굉음, 도시의 밖은 여전하고, 살아있는 것들의 모든 몸부림을 본다. 방 안으로 그림자가 길게 드러누워 있다.
빛의 뒷면, 좁은 방으로 뻗은 극명한 그림자가 세상의 이쪽과 저쪽의 괴리를 느끼게 했다. 흰 탁자 위에는 작은 선인장이 있는데 물 없이도 오래 살 수 있는 그것은 내가 키우는 유일한 생물이다. 가끔 그것을 볼 때면 세상 속에 선인장처럼 놓여있는 자신이 아련한 생각이 들었다. 서서히 허공을 찌르며 사방으로 뻗어가는 의식, 예민해진 감각은 금세 무서운 두통으로 이어졌다.

나는 테이블에 앉아 오늘도 어김없이 미완의 책을 연다. 이 삶은 계속된다. 삶의 곳곳에 포진되어있는 그림자를 열듯, 힘껏 열고 들어간 어둠 속에서 오래오래 앓았다. 마시면 아프다는 것을 알고도 자꾸만 손길이 가는 이상한 습관처럼.
아무도 살지 않는 책장을 만지작거리다가 불현듯 백지 안으로 투신하는 상상을 했다. 그보다 아름다운 결말은 없다고 생각했다.

그림자 기법

1.

건물들의 무너짐과 구획의 속도가 도심의 생태를 가늠케 한다. 내가 넘어졌다 일어나는 시간은 확장하고 철거하고 재건하는 저 건물들보다 더디다. 편견은 잡히지 않는 근거리에서 인간들의 일생을 낱장으로 분리하고 있다. 눈을 뜨면 제일 먼저 창가에 당도하는 이 부지런한 의식은 선명해질수록 시력을 잃어갔다.
아무도 모르게, 세상은 거짓의 방식으로 거대해진다.

2.

한없이 투명하고 싶었다. 내 속의 검고 혼탁한 것으로부터 끊임없이 정화하는 삶을 살고 싶었다. 더는 투명할 수 없는 지경이 되어서야 투명하기 때문에 사방의 검은 것들이 이곳을 혼탁하게 하는 중이다.

3.

벽면에 기대면 잘리는 그림자처럼, 시간은 다른 차원에서 굴절과 왜곡을 반복하며 이상한 방을 만들어 낸다. 진짜와 가짜를 도저히 구분 지을 수 없을 때까지 삶은 자신이 모르는 구절과 장르로 완성되고 있다.

삶에서 동떨어져 다른 세계를 운용하는 나를 본다. 이 이상한 방에서, 이상한 방식으로 나는 자주 울고, 웃고, 아프다고 말한다. 옳고 그름은 행위 속에 개입할 수 없으며 이 일상을 지독히도 반복할 뿐이다. 분주하게 왔다가 남겨지지 않는 율동들은, 하루치의 바람처럼 세상에 나부꼈다.

일회적인 나날의 행위들, 감정과 고통, 그 감각으로부터 달아나지 못한 나의 오후는 그 무엇과도 상관없이 그저 방 안에 갇혀있다. 눈을 뜨면 틀리고, 눈을 감으면 맞는 이 이원의 세계 속에 정답 찾기를 포기한 채 완주하고 있다. 완주. 그것은 하루를 오로지 살아내는 것 말고는 없었다.

4.

무엇을 자꾸만 짓거리는 거지?

나도 모르겠다. 모르는 것이 지금은 맞다. 살아가기 위한 두 가지 방법으로는 거짓으로 살아가기. 이 정동적인 변덕을 부리는 삶이란 착각과 같아서, 모두가 진짜라 믿는 삶의 거짓을 부디 철저한 포장으로 살아가기.

그리고 진실인 채 머물기.

실존적 자각의 이 느낌 속에 머물러 있기.

무엇을 시도하거나 의미를 부여하지 말기. 수류에 휩쓸린 낙엽처럼, 떠밀리는 시제 속에서 의지도 희망도 없이, 그저 쳐 밀려 쓸려가기.

5.

전쟁은 언제나 태양 아래에서 벌어지는 현재 진형형이다. 그림자는 사람들의 걸음을 오역하며 커진다.
그림자는 조용하게 존재하며 자신의 당위를 증명하는 어둠의 반항 같다. 위장된 인간들의 행렬엔 그림자의 혁명이 곳곳에서 돌격하고 있다.

사람들의 행위보다 더 실재감이 강한 그것을 자꾸만 믿게 된다. 자주 일그러지는 흉측한 검은 내부, 그것을 믿게 된다. 조용히 일어섰다가 조용히 길어지는, 그림자의 문을 열어보는 것이다.

6.

더는 이곳이 어디인지 모른다. 어쩌다 지도 밖으로 걸어 나와 주변을 맴도는 삶을 살게 되었는지도, 나는 모르는 것으로 일관한다.
검은 별, 혹은 그림자라고 불러도 될까? 이곳을?

나는 필시 이곳으로 망명하기 위해 사달을 내야 했다. 투신하면서 말을 잃었다. 어렴풋한 기억 속에 나는 떨어지면서, 한없이 멀어지면서 많은 비명을 들었다.
저편의 언어를 잃고, 저편의 규율을 잃고, 방향을 잃었다. 도착한 이곳은 모두가 벙어리인 채로 운영되는,
오로지 생이라는 임무를 완수하는 사람들만 있었다.

그래, 그림자. 그림자만 남았다.

그림자의 힘. 그림자의 내면. 그것만이 나의 존재를 도드라지게 하는 방식이므로, 손끝에서 흩어지는 그것처럼, 외로운 서법으로 길을 걸을 것이다.

7.

세상의 모든 창조는 반대를 짙게 비춘다.
나는 발생하는 이 하루의 유감을 부정하지는 않을 것이다. 변명하지 않을 것이다.

그리하여 들어내는 것.
제 몸보다 더 큰 흉악한 꿈같은
맹수의 그림자를 드러내는 것.
안간힘을 다해 그것을 내 편으로 만드는 것.
이 삶이라는 실패의 성공을 자랑스러워할 것.
내가 믿어야 하는 것은, 이 자명한 실패뿐이므로.

쓰고 있다.
이상한 그림자 기법으로.

걷는다.
절뚝이는, 검은 방식으로.

칩거

내가 개척한 정신의 땅은 협곡이 많고 위험한 암산 같다.
끊임없이 굴곡진 비탈길, 기암괴석과 맹수의 울음소리가 밤을 지배하는, 이곳은 내가 쌓은 돌탑으로 성벽을 이루는.
아무도 찾아오지 않는 집. 간신히 월광만이 허용된 땅.
고요만으로 연명하는, 수 세기 동안 세상 밖을 나서지 않는 내가 이곳에 칩거하면서 세상을 상상한다.

살아있음

가슴이 뛰지 않는 시간을 살았다. 살았다기보다 죽어 있는 것에 더 가까웠던, 심장은 완전히 주저앉은 채 맹목적인 이 일상의 무덤 속에 갇혀 있었다.
오래 웅크리고 있다 보면, 두 발은 뻗는 것이 힘들다. 두 발을 뻗는 것이 불가능해 보인다. 일어서는 일은 더 불가능하고, 걷고 뛰는 것은 상상할 수 없다. 나는 왜 이 권태의 나날을 한 번도 의심하지 않았을까?
그동안 나의 삶은 어디에 있었던 걸까?
이런 의문을 상기하자 조금씩 발소리를 기억하는 발처럼, 심장이 뛰는 것을 느꼈다.

어떻게 살아야 할지도 모르겠고, 어디로 가야 할지도 모르지만, 심장은 이곳에 있다는 것을 계속 말하고 있는 것이 분명했다. 그것은 조금씩 내 안에서 뛰고 있다. 살아있음을 망각하지 않고 있다.

Das ist mein Fenster
eben bin ich so sanft erwacht.
Ich dachte, ich wuerde
schweben.
Bis wohin reicht mein Leben,
und wo beginnt die Nacht.

그것은 나의 창, 마악 나는 살며시 눈을 뜬다. 부유하는 듯한 생각, 내 삶은 어디까지 이를 것인지, 대관절 밤은 어디서 시작하는지. _R.M 릴케

ICH
BIN
MEIN

Nachtgedanken

밤의 시간

06

LIEBST
-ER
STERN

잠들지 못한 별들

1.

잠이 오지 않는 어떤 밤.
모르는 사람들의 은은한 조명 같은, 눈빛들.
낯선, 생면부지의 불면이 불면에 다가가 통성명하고
식지 않는 생각이 잠을 덮어주고 있는
나는 나의 모든 불가능한 꿈.
그 몽상의 어깨 위에 커다랗게 맺혀 있는 그림자가
반쯤 걷힌 커튼 뒤로 환하다.

2.

건물의 틈새 사이사이로 잠들지 못한 별이 많다.
손을 뻗어도 닿지 않는 우주이다.
만질 수 없는 행성의 숫자를 가만히 새어보았다.

후회의 별
미련의 별
슬픔의 별
고독의 별
이따금 씩
행복의 별

별과 별이 모여 거대한 우주를 형성하는 중이다.
이 작은 내가, 우주에 관여하고 있다는 것이 신비로운 밤이다.
손바닥에 묻은 먼지의 촉감을 알 수 없는 것처럼,
나는 까마득하게, 까마득한 채로 우주에 속하고 있다.

3.

때로는 이 일생이 거대한 세상 속에 보잘것없는 무게로 놓여있다는 생각이 들 때면, 허탈하기도 하다. 하지만 그 비소한 무게의 삶이 하나하나 모여 거대한 세상을 형성하는 것에 위안을 느낀다.
우리는, 허탈과 위안만을 계속해서 반복하는 우주.

오늘의 마지막 별들, 그것들의 안녕을 기리는 밤이다.

나는
오늘도, 살았었다고,
당신들에게 안부를 알리는 별이다.

자박자박 온다

별과 별이 꽃가루처럼 날리는 밤,
경계하는 짐승의 눈처럼, 밤은 자박자박 온다.
거리의 고양이는 누군가 두고 떠난 그림자의 자세로 앉아있다. 서로의 어둠을 핥아 주는 사람들.
절박한 당신은 오늘도 누군가의 옷자락을 붙잡고 있다.

하늘에는, 서로를 모르는 별들이 재채기하듯 깜빡였다.

어둠의 사이사이

1.

밤의 시간.
경적과 소음이 한 나라의 국가처럼 울려 퍼지는 밤.
8월의 유성우처럼, 건물이 점등하는 시간.
세상의 없는 비밀들이
몸 없이 밤거리를 활보하는 시간이다.
산 자들은, 오늘도 시체처럼 집에 들어왔다.
무엇을 위한 것인지 모르게 내달렸던 날의 고단함.
선, 채로 잠이 드는 꿈.

검은 밤이 모든 이의 육신을 포장하고 있다.
바닥에 기댄 진심이, 나신처럼
간간이 드러나기 시작한다.

2.

눈꺼풀을 여미듯
꼭 닫혀있는 옷장 속의 고요와 같은
어둠의 사이사이
계절의 옷들이 아무렇게나 걸려있다.
하루의 화려한 자태와
어디서 딸려 왔는지도 모를 구김들이
대답도 없이 멈춘 채 마감하는
이 시간의 모든 어둠을 본다.

밤의 정물화

1.

어두움은 당신처럼 몰려왔다.
손을 움켜쥐자 아무것도 잡히지 않았다.
손을 펼치니 허공만 가득했다.

나는 비좁은 허공의 자리에서
하루가 어떤 몸짓으로 흘러가는지,
어둠이 어떤 기법으로 오고 가는지 바라본다.

모든 것이 다 지나가도 단지 나는 있었다,
있었기 때문이다.
그렇게 나는 살아간다, 살아있기 때문이다.

2.

혼자 사는 여인의 완성되지 않은 얼굴은 선을 계속 바꾸고 있다. 창밖의 건물들과 무관하게 창 안에선 식물들이 곡선을 그린다.
빡빡했던 하루의 소음을 지우는 꽃의 향기.
미완성의 풍경 속에서 물을 주는 여인의 뒷모습은 영원하다.
그렇게 확 뛰어들고 싶은 백지가 있다.

우리와 우리의 간격처럼
꽃과 꽃 사이에는 향기가 남았다.
그들의 언어를 들으며, 잠이 들고 싶었다.

3.

가만히 앉아 있는 내 모습이 밤의 정물화, 같았다.

그러니까, 나는 이편에 놓여있다.

마치 만들다 만 점토처럼,

한 번도 펼치는 법을 배운 적 없는 것처럼,

이쪽과 저편 사이로 침묵이 많고

얼마나 더 웅크려야 하는지 나에게 물어보려다 말았다.

빛이 두려운 것은 아니야.

악다구니처럼, 눈사람처럼,

구부린 잠 속에서 나는 하얀 몸이 검은 몸이 되도록

있었다,

4.

면과 면 사이로 어둠이 내려앉고,
나는 얼마나 더 지워지나 생각하면서,
오지도 않고 짐작할 수도 없는 결말의 시간을 기다리듯,
어둠 속에 있었다.
나는 거짓말을 할 입이 없어서 그저 하나의 자세로 있었다.
자세, 자세로 나를 다했다.
온갖 것들을 뒤섞은 어두움으로, 나를 만들어 낸다.
상징적인 고독을, 완성하고 있다.

밤의 시간

1.

손톱 밑엔 빛들이 묻어 나왔다. 손끝이 파래지도록 오랫동안 달빛을 긁었다. 아무도 방문한 적 없는 어두움. 세상에 없는 시공 속에서 자꾸만 나는 태어난다.

2.

보이지 않자, 보이는 것이 있다.
들리지 않자, 들리는 것이 있다.

내 유일한 밤이라는 벗, 내 유일한 재산인 달빛.
그들의 말을 듣는다.
이 밤은 어둠이 똑똑 떨어지듯, 내 자백을 유도한다.

삶이라는 불면

눈 감은 의식의 방은 너무나도 어둠이 선명해 실명될 것 같았다. 밤은, 잠의 문을 꼭 걸어 잠그고 기나긴 불면의 우주로 남는다.

아기 지빠귀 소리 하나가 망각의 시간을 두드리듯, 퍼져 나간다.

이것은 꿈일까?

방문을 꼭 걸어 잠근 채 세밀한 바람조차 허용하지 않는 꿈이 있다. 꿈 안에는 꿈이, 꿈, 안에는 꿈이.

그것은 삶이라는 불면이다.

불면증은 너무 오래된 꿈 속이기 때문에 잘 깨어나지 못한다. 이편을 넘어보는 그림자의 끝없는 독백 같다.

불면

몸을 피고 누우면 삶이고, 등 돌려 누우면 꿈이었다.
그렇게 수면을 찰싹대는 잔물결처럼
어디에도 닿지 못한 채 이 밤을 뒤척인다.
꿈과도, 삶과도 친하지 못한 나는
밤의 침묵을 배회했다.

무엇을 기다리는 것일까? 어디서?

아무도 찾아오지 않는다는 것을 알면서도
눈을 감지 못하는 시간.

다시 한 번 꽉 다문 잠 속을 비집고 들어가 웅크려본다.

11557번째 밤

1.

밤의 얼굴이
기대어 누운 누군가의 눈 틈 사이로
내면을 열어보고 있다.
밤의 손아귀에서 구겨진 채로 잠이 들던 백지들이
서서히 몸을 밝히고 있다.

내 몸 안팎의 경계를 거의 느낄 수 없는 잠의 상태에서,
빛보다 강한 이채를 보았다.

2.

하늘도 어둠도 도심의 소음을 통제하지는 못한다.
소음은 소음대로, 인파는 인파대로, 제각기 밤이라는 거대한 풍경화로 완성된다.
그것은 풀 수 없는 색감으로 엉겨 붙어 장엄한 하나의 대자연으로 압도한다. 이 밤의 풍경은, 설명할 수 없는 감정과 의식의 요동 속에서 경계도 없이 완연하게 밀려오는 것이다.

3.

몽환적인 구름과, 검은 대지 그리고 그 사이에서 양가를 포용하는 허공이, 고요하지만 고요의 내면에 함축된 경적과 내란이, 모든 폭력을 삼키는 전체의 어둠이, 마치 마크 로스코의 그림처럼 창밖에 놓여있는 것이다.
모든 것을 삼켜버릴 듯, 그러나 쏟아내는 방식으로 여기, 밤이라는 하나의 장면이 완성되었다.

난 이 밤의 시간을 견딜 수 없이 사랑한다.
사랑하지 않을 수 없다.

꿈

1.

세상의 낭만은 누군가 다 꿈에 옮겨놓은 것 같다고 말할 수 있는 어른이 되었다.
눈을 뜬 곳은 지루하기 그지없는, 기계적인 율동만 있었고, 생각과 호기심은 주머니 속에 성급히 처넣어야 했으며, 책임을 져야 할 것들이 늘어났다.
아이들에게 꿈을 꾸라고 말하는 어른들은 자신이 세상에 무슨 짓을 하는지 모른다. 산타클로스는 없다고 7살 아이에게 단호한 표정으로 말하던 어른의 모습을 잊지 못한다. 그날은 밤새 울었던 날이었으니까.
아이들은 그런 식으로 점차 꿈을 포기하며 성장해야 했다.

2.

이상한 질문이 많던 나는 자주 혼났다. 당신들의 말에 의하면 난 반항아였으며, 문제아였고, 예민한 아이이며, 외톨이였으므로, 나는 딱 그런 말을 잃은 어른이 되어 아무에게도 들키지 않는 새벽마다 나의 언어를 넘을 수 없는 꿈의 문턱에 던져놓고 돌아와야 했다.

쌓여 있으며 방치된 꿈들이 많았다. 저 문을 활짝 열 면 검은 꽃이 만발하는 이상한 계절이 펼쳐질 것 같아서 긴 밤을 설쳤다. 죄책감을 느끼기도 했다. 아무도 혼내는 사람이 없는 어른이 되었는데도 혼날 것 같은 두려운 것들만 늘어났다.
자주 시선을 돌린 채 꽃잎을 닦았던 나는 그런 나를 때리는 어른들을 더 믿지 않게 되었다. 질문들도 꿈의 한편에 버려졌다. 그것이 귀신처럼 소란스러워 잠들지 못하는 밤이 늘어갔다.

3.

때론 걸으면서, 계속 걸으면서, 나를 완전히 잃어버리고자 했다. 그것만이 나를 구원해 줄 것이라고, 길을 계속 걷다가 어느 순간 내가 모르는 장소에 나를 통째로 버리고자 마음먹기도 했다.

가령 꿈같은 곳, 꿈을 찾느라 생의 전반을 방랑했다.
더 이상 떠나지 않는다.
그런 곳은 이번 생에 없음을 보았다.

어른이 되어간다는 건 이를 악무는 날이 많아진다는 의미 같았다. 세상을 구경해보지 못한, 아직 없는 나의 아이들에게 그냥 거기 있으라 했다.
태어나지 않음으로 다행인 꿈도 있다고 생각하기도 한다.

4.

동화는 지면 속에서 가능해 보인다. 하얀 설원 같은 이곳에 발자국을 찍듯 조심조심 펼쳐놓는 꿈들이 있다.
그러니까 나는, 이런 글을 쓰는 일로써 남은 꿈을 다하는 것 같다.

모두가 꿈을 꾸는 그것이 이 현실에서 얼마나 힘든 것인지 알기에 안타깝고 서글픈 생각이 들었다.

5.

당신에게 전진하자고 했다. 작은 꽃잎도, 새와 나비의 날갯짓도, 그토록 애절한데, 우리는 얼마나 작은 몸짓의 꿈을 품고 살고 있나 이야기했다.

풀들도 살고자 하루가 다르게 자라는 여름이다.
꿈 앞에서 자주 약해지는 인간을 바라본다.
절제된 인간의, 꿈의 몸부림을 본다.
그래도 우리, 천천히 나아가자고 했다.

6.

그럼에도 불구하고 꿈, 을 꾼다는 것.
더는 이 좁은 생의 굴레를 반복하고 싶지 않아서
벽을 넘어보려는 것인지도 모른다.
내가 넘어야 하는 것은, 현실의 장벽이 아니라
내가 넘어야 하는 것은, 나 자신밖에 없는지도 모른다.

Ich bin Niemand und
werde auch Niemand sein.
Jetzt bin ich ja zum Sein noch zu
klein.
aber auch spaeter.

나는 아무도 아닙니다. 앞으로도 아무도 되지는 않을겁니다. 지금은 존재하기엔 너무 조그만 몸, 그러나 훗날에도 마찬가지일 거예요_카프카 일기

ICH BIN MEIN LIEBST-ER STERN

07 이, 별의 사각지대

Ich bin mein liebstwr stern

나

1.

나는, 오로지 내가 만든 소설 속에 익사한다.

오로지 나라는 무기로 무장한 나
나라는 적과 대치하고 있는 나
포격을 가하는 나와 포탄을 맞고 있는 나
나라는 전쟁을 끝내지 못하는 나

삶의 불감증을 앓고 자꾸만 도발하는 나.

2.

잡으려 할수록 도망가는 새처럼
만지지 말아야 할 영역이 내 안에 있다.
말하는 나와 듣는 내가 낯설다. 보는 나와 보이는 나.
거울 속 나와 거울을 바라보는 나에게도 내가 없다.
온갖 감정과 목소리, 손짓과 생각 속에서도 내가 없다.

내가, 나라고 부를만한 모든 것.
내가, 나라고 확신하는 모든 곳에서도 내가 없다.
나는 나라고 발성하는 믿음의 밖에서 존재를 느낄 뿐이다.

나는 나조차도, 곧잘 들여다볼 수 없는 찰나의 지점이다.

생은 저 혼자 발광한다

1.

모험과 도전이라는 열등과 결핍의 도시,
타자들뿐인 망각의 도시.

도시는 피로와 번잡의 생태이다.
불안은 드높게 철근과 콘크리트를 쌓는다.
위안은 도저히 만질 수 없는 환청처럼 들린다.

우리가 불행할수록 도시는 더 높이,
더 빠르게 성장한다.

2.

싸우고 전진할 의지가 없었던 나는 도심의 한가운데 조심히 숨 쉬고 있는 화병 속 식물 같아서, 손끝만 펼치면 녹색의 피가, 종이 위에 한가득 얼룩졌다.

생존, 생존을 위해 투철한 의지가 필요한 것인데, 톱으로 사지를 베어대는 공격적인, 이 일상의 전쟁 속에서도, 천성은 잘리지 않아서 비명도 없이 새파랗게 하루의 끝자락을 움켜쥐고 있는 나는, 새순의 작은 손바닥이었다. 그것을 활짝 펼쳐 보이기도 전에 떨어지는 초여름의 꽃잎이었다.

이제 여기서
허공의 달콤한 손맛을 기억하며
치열했던, 대지의 소음을 들으며

시들어간다.
저물어간다.

3.

눈을 뜨면 갑옷과도 같은, 집의 내부를 걸쳐 입었다. 잘 맞는 옷을 입은 것처럼, 기대어 있으면 공간은 아늑했고, 불안하지 않았다.

가만히 앉아 여과기의 물소리가 소란한 어항을 바라본다. 이름을 얻은 아이들이 병들어 죽어갔던, 작은 수조 속에는 이제 겨우내 혼자 살아남은 특징 없는 물고기만 남아있다. 자주 눈을 뜨는 아침마다 그물로 사체들을 건져내는 작업을 했었다. 곧 사라질 몸들이 내 것처럼 아팠었다. 살겠다고 파닥이는 물고기의 작은 몸부림 속에서도 강한 생의 의지를 읽으며 알아듣지 못하는 혼잣말로 너도 나와 같구나,라고 읊조리곤 했다.
아무 생각이 없는 저 물고기가 고통도 없다고 생각하지는 않는다. 살아 있는 그 무엇이든, 느낄 수 있다는 것을 온몸으로 느꼈기 때문이다.

4.

훌륭한 사상가나 성인, 세상의 유명인들만이 내적 우월성을 지니는 것은 아니다. 모두가 공평하게 물려받은 미명의 생명은 존중받아야 마땅하다. 시든 꽃잎이건, 물고기건, 사람이건, 살아 있으므로 애처롭고, 고귀하다.

그러나 꽃들은 꽃대로, 어항의 물고기는 물고기대로, 나는 나, 대로. 우리는 그렇게 한 공간 안에서도 개별적으로 놓여 꿈틀대는 것. 꿈틀대다가 저마다의 시차로 지워지는 것. 생은 저 혼자 발광하는 것이다.

5.

이름 없는 오후, 도심의 한가운데에서 나는
발광에 가깝도록, 온몸으로 비 존재감을 입증하고 있다.

6.

현실의 나는 지독히도 가난한 사람 중 한 명이다.
기술을 익히고 경력을 쌓고, 자신만의 칼과 무기를 연마했던 예술가, 사업가, 그리고 세상 유명인들. 그 뒷면에서 나는 내세울 것이 하나도 없는, 어쩌면 숨기고 싶은 투정만이 이 안에 가득 몸을 구겨 넣는, 작고 못난 영혼을 달래기 위해 살아왔다.
총과 칼과 방패가 없으므로 오로지 이 몸뚱이를 무기 삼아 세상과 대적했다. 무기가 없는 심신은 생채기가 많았다.

7.

그러니까 사색 속에 멈춘 사람들, 빛이 없는 독방에서 저 홀로 살아내는 사람들, 제 몸으로 지지대를 엮어 세상에 서 있는 이상한 자세들, 그러니까 빛의 반대편에서 존재의 이유를 찾기 위해 삶을 송두리째 그림자 속에 투신시킨 자들, 어둠 속에서 두 눈을 부릅뜨고 그림자만을 더듬는 사람들. 무기도 없이, 온몸으로 피와 정신과 자주 휘청이는 영혼만으로
그들의 삶은 어디에서 쉽게 다치며 꿈을 짓고 있을까.

발견된 적이 없는, 한 인류의 심정들.
오랫동안 깊고 까마득한 침묵의 유해는 어느 모국의 기저에 단단한 화석처럼 잠들어 있을까.

8.

이 무명의 나날 속에서도 유일하게 끌리는 일이 있으니 뿌리를 오래 품어본 화분과 가구 처리장에 버려진 움푹 팬 의자의 자태, 오래 신다가 버려진 신발들, 못 자국이 헐거운 벽면들, 텅 빈 수조. 덩그러니 남겨진 것들을 바라보며 나 없는 세상을 상상해 보는 것이다.

그렇게 이름 없는 것들을 삶의 내공이라 부르고 싶다.
그것은 나의 다른 이름들이므로,
나의 유일한 자식이므로,
그리고 피붙이들이므로.

9.

나는 지상의 이름 없이 떠난 자들을 경배한다.
절대 고독과 죽음만을 수긍했던 사람들,
오로지 망각의 방식으로 자신을 버리고
현실의 뒷면에 패를 던졌던 실패라 부르는
성공의, 이름 없는 사람들.
성공은 그런 자들의 것이라는 생각에는 변함이 없다.

10.

결국 이 글의 마지막 문장까지 살던 주인공은
이유도 모른 채 태어났고, 깨달았고, 불현듯 망각했으며
살다가 사라졌다.라고 요약될 것이므로.
어느 날, 이름도 없는 날을 지나가다가
하루를 또 잃은 자리에서 독백하는 것이다.

'걷는 길목의 모퉁이마다 이빨을 드러내며 사지를 막아서는 이 거대한 현실에 지배되어 살지는 않을 것이다, 이 삶을 신봉하며 살진 않을 것이다.'

그리고 잘 잊히는 사람이 되고 싶다.
그러니까, 잘 사라지는 사람이 되고 싶다.

보이지 않음에도, 보기를 갈망하는 집착.
그건 장애가 아닌 삶이라는 직업병이다.

모두가 어두운 그림자라고 말하는 이 글은
진정 희망이, 그리고 의지가 쓴 글이다.

Wer allein ist, wird es lange bleiben, wird wachen, lesen, lange Briefe schreiben.

이제 고독한 사람은 오래도록 고독을 누릴 것입니다. 밤을 밝혀 책을 읽고, 긴긴 편지를 쓸 것입니다. _R.M 릴케

ICH BIN MEIN LIEBST ER STERN

Der Einsame

고독은 나의 편

08

고독

1.

이 행성의 고독은 나보다 더 오래된 것
내가 설득할 수 없는 연대의 것
대적하기보다는 귀속되는 것
수백 년이 지나 또 다른 밤이 와도 반복되는 것.

2.

고요한 정신만이 수심과 가까운 느낌으로 나를 유지한다. 그 순간을 염원해왔다.
포악한 물결에 온몸을 던지면 서서히 가라앉는 것이 있다.

고독.
누구의 표적도 될 수 없는 이 마음만을 믿기로 한다.
그 깊은 고요 속에서, 꽉 쥔 주먹을 곧게 펼치듯 외딴 너비로 뻗어가는 고독만이 나를 살게 한다.

맨살

간헐적으로 살아있다. 어디서 오는가, 바람은.
긴 옷의 매무새를 가다듬고 단추를 여미는 계절.

생, 이란 기온의 변화에 따라 외투를 걸치는 행위에 불과했다. 벗을 수도 달아날 수도 없는 속살을 보호하듯 우리에게 허락된 최소한의 방어기제와 같은, 이 살이라는 외투를 걸치며 감싸짐으로써 외로워지는 모든 것들을 떠올린다.

외투는 안전하다. 외투는 혼자이게 한다.
그리하여 외투는 외롭게 한다.

꼭 껴입은 맨살의 안쪽에서부터 찬 바람이 계속해서 생성되는 중이다.

네모의 바깥

모든 프레임의 바깥은 만져볼 수 없는 세상이다.
건물, 창문, 책, 지도, 문, 어항, 사진, 모니터, 네모난 것
은 인간의 지형이자 외로움의 상징과도 같았다.
메마르고 각진 풍경을 바라보며 자주 아프다고 말했다.
우리는 우리의 네모 속에서 벗어날 수 없었다.

때론 이상한 꿈을 꾸기도 했다.
둥글고 무른 것들만 사는 세상.

건물, 창, 간판, 도화지, 책 같은 것들 말고
네모반듯한 인간들의 언어 말고
녹녹하고 몽글몽글한 나라에서
오랫동안 살을 비비고 싶다.

고립무원

'아무도 이곳을 향해 손을 뻗지 않는다,
빛은 이쪽을 구원하지 않는다, 절대 고립무원의 방에서
내 광기의 정신만이 밀도를 더하고 있다.'

오랜 타지 생활, 나는 한때 고립무원을 자주 느꼈다. 이따금 침상에 누워 있으면, 이대로 사라져도 아무도 모를 것 같았다. 나의 신음을 내가 들어야 하는 날들이 잦았다. 자주 외로웠지만, 극복할 방도를 찾을 수 없었다. 돌아갈 곳도, 도망갈 곳도 없었기에, 방치된 우울의 한가운데에 잠식된 채 누군가가 내 삶을 건져 올려주기만을 두 손 모아 기도하기도 했다. 그러나 결코 그런 일은 일어나지 않았으며, 삶이란 그렇게 구제받을 수 있는 것이 아니라는 사실만을 점차 받아들여야 했다.

냉혹했고 어두웠던 낯선 나라는 누구에게도 구원받을 수 없는 절대 고립무원의 장소였으므로, 긴긴밤 끔찍하게도 혼자만을 마주해야 했던 것이다.

이 방은 혼자 죽어도 좋을 최적의 장소 같았다. 고독을 해결할 수 없었다. 내 몸을 벗어 날 수 없듯, 그것을 벗을 수 없었다. 그것은 단연코 그렇게 해결되는 종류의 것이 아니었다.

거울 속에 비친 검은 표정을 바라보며, 포기의 심정으로 서 있는 시간이 많았다. 그런 식으로 고독은 나를 형성하고 있는 것이어서, 살기 위해 늘 그림자처럼 따라오는 그것의 행적을 자주 받아 적곤 했다. 제법 익숙해질 때까지 나는 그 행위를 멈출 수 없었을 것이다.

고독은, 마치 뭉개고 짓밟을수록 더 괴상하게 일그러지고 도드라지는 것처럼, 마치 도륙 내려 할수록 살이 에이고 고통이 더해지는 것처럼. 그것은 발버둥을 칠수록 강력한 자아가 되어 마음의 이곳저곳을 마음대로 헤집고 다니는 것이다.

고독의 업적

고독은 떼려야 뗄 수 없는 애증 같아서 언제나 곁에서 이상한 미소를 띠며 얇아진 어깨에 제 몸을 싣고 자꾸만 수명을 같이 하자고 하는 것이다.
나는 이제 이 이야기를 듣고 있는 고독이라는 이름의 친구에게 기어이 몸 한자리를 내어 주었다.

' 그래 친구, 아예 들어와서 편히 살아 ' 라고 말해주면, 그것은 고개를 한 번씩 돌리고는 모르는 척 잠자코 얌전해지는 것이다.

' 이리 와봐 ' 하고 한 번 안아주면, 그제야 품에 안겨 노곤히 잠이 드는 것이다.

나는 이제, 선한 마음과 함께 고독의 업적을 기린다.

그것은 외로운 것도, 어두운 것도 아니고, 두려운 것도 아니다. 고독은 병들고 지친 마음을 단 하나의 목소리로 통섭한다. 재생시킨다. 유감스럽게도 나는 그것을 좀 더 근사하게 부를 명칭을 찾지 못했다.

고독은 저 혼자 정원을 밝히는 붉고 고고한 작약 같다. 나는 이제 검은 융단 위로 빛나는 고독이, 일생의 단 한 번이라도 내 옷깃을 스치길 간절히 바란다.

나의 업무는 그것의 발자취와 향기를 최대한 상세히 기록하는 것이다. 그것만이 나를 구원해 줄 수 있다는 확신, 그 외에 어떤 것도 내 안을 충족시키지 못한다는 믿음. 나는 고독의 손길과 치유의 힘으로 살아가기 때문이다.

어떤 이의 눈동자는
고독한 별을 오래오래 매만지고 있는
행성의 그림자 같다.

검은 별

검은 별은 내 주위를 자전한다.

검은 행성
빛이 없는 것이 아니다.
빛을 머금고 있는 항성이다.
이 안에 얼마나 강한 것이 들어있는지
어디에도 들키지 않는다.

모든 색을 빨아들인
그 검은 얼굴 속에 얼마나 빛나는 것이 많은지
아무도 알지 못한다.

고독은 은근히 빛을 품은 항성이다.
그것은 나를 기리는 별이다.

나는 당신이 모르는 이곳에서,

온 힘을 다해 반짝이고 있다.

나의 편

1.

그 누구도 대신 울어 줄 수도
살아 줄 수도
대신 죽어 줄 수도
사랑해 줄 수도 없는
난 유일한 나의 편
모두가 떠나가도 슬퍼도 난 나의 편.

2.

나는 나 외엔 어떤 친구도 혈연도 없다.
나 외에 어떤 친구도, 혈연도 될 수 없기 때문이다.

계속 될 것이다

나였던 풍경들이 한 겹씩 벗겨진다.

모두가 내 품을 벗어날 때면 그리하여 다른 차원에 발을 옮길 때면 헐벗은 몸짓만 남은 이상한 시 공간은 언제 어디서든 소멸할 준비가 되어있다. 그럴 때마다 앓았다. 이 거리마저도 나와 너로 분리되어 이편을 등지는 까닭에 조심히 걸었다. 풍경은 타자를 향해 확장된다.

아니다.
슬픔을 말하는 게 아니다. 난 두 눈을 똑바로 떴다. 지금 나는 모두의 등 뒤에서 두 눈을 부릅뜨고 세상을 있는 힘껏 노려본다. 이 악물고 노려본다.

보아라, 나는 여기 계속될 것이다.

Ich habe keine Geliebte,
kein Haus, keine Stelle auf der ich lebe.
Alle Dinge, an die ich mich gebe,
werden reich und geben mich aus.

내겐 애인도 집도 없는, 살아갈 곳도 없는, 내 몸에 지닌 모든 것만이 풍요해지고, 내가 되고. R.M 릴케

ICH BIN MEIN LIEBST-ER STERN

Endlich mehr Zeit fuer mich

삶이라는 병명

09

삶이라는 병명

삶을 살아간다는 것은 지병을 앓는 것과 같다.
도저히 안 되는 것을 고쳐보려는 마음도 있고,
그것을 안쓰러워하는 마음도 있다.

그것은 대체로 완치가 어렵다.
태생적인 것.
그래도 서른 해 동안 이를 악물고 있는 마음도 있다.

물어본다면

왜 사냐고 물어본다면,
한, 이라고 말하겠다.
분노, 억울, 죄책감, 그리고 좌절이라고 말하겠다.
수만 번 넘어진 자리에서의 외침은 오롯이
나의 삶으로 돌아와 나를 다시 겨눴다.
삶은 언제나 전쟁과도 같았다.

그래서 당신이 내게 무엇을 위해 사냐고 물어본다면
상처, 아픔이라고 말하겠다.
고독이고 발버둥이라 말하겠다.
혁명이라고 말하겠다.

나는 그 힘으로 산다.
그것은, 살고자 하는 가장 큰 의지이니까.

아이

1.

'어디에 있었던 거야?'

나는, 제멋대로 갔다가
저런 식으로 돌아오는 당혹감이다.
나라는 아이는 늘 나에게서 벗어나 오래 낯선 곳을
방황하다가 다치고 뜯겨 돌아오곤 했다.
어떤 자아는 가출하여 소식이 없었고, 어떤 자아는 산책
을 나섰다가 간신히 살아 돌아오기도 했다.

길을 잃은 나의 아이가 메아리조차 들을 수 없는 먼 곳
으로 떠나간다.

2.

나는 이따금 나에게 손짓하는 무수한 나의 얼굴들이 착각인지, 술수인지 모르겠다고 말하곤 한다.
나는 이 얼굴들에 이름을 붙이지 못해, 낯을 가렸다.
나를 조종하고 나를 호명하며 자주 도주하는 이 아이를 무어라 불러야 좋을지 모르겠다.
대면하고 앉아서 해야 할 말을 오래 고민한다.

3.

숱한 자식인 나에게, 이 삶이 무엇인지 물어보고 있다.
살아내려고 할수록, 뛰어들수록 너머의 나는, 바닥이 보이지 않는 거울 속 낭떠러지에 닿았다. 상처투성이의 다리로 발버둥 치고 있는 저편의 나에게, 나는 또 한 번 묻는 것이다.

말해달라. 무엇을 위한 것인지,
무엇을 보았는지, 알려달라.

나의 메아리

'멀리 가지 마라, 거기 있어, 부르면 들리는 곳에.'

나에게 들려주는 나의 메아리.

나는 당신과 걷느라, 나를 눈치채지 못했다.
손잡아 주는 건 당신인 줄 알았는데, 언제나 방황하고 돌아온 나를 잡아주는 손도 나였다.

나는 자주 아프다고 했다. 이따금 헤매다 다친, 여린 내게 망각을 깨우듯 넌지시 불러보면 귀 기울이는 내가 보인다.
언제나 함께 걷는 것은 당신이 아니고 나였다.

무경계

여기 너무 확고하여 깨어나지 않는 나와, 산산조각이 나서 조립할 수 없는 나를 보았다. 무수한 파편으로 살아가는 현재를 보았다. 그저 알 수 없는 내일의 점괘를 예견하듯 자신마저 놓고 지나쳐야 함을 운명처럼 받아들인다.

이제 나는, 생각이 넘어선 지점에서 자의든 타의든 진실이라 믿고 거짓이라 말했던 모든 확신과 착각의 무경계를 마주할 것이다.

스스로 설정한 손끝의 밑줄을 지우고 넘어가 보는 것으로 하루를 다 하는 것이다. 이 하루의 옳고 그름은 여기 없는 시간만이 아는 것이므로. 이제 강박과도 같은 옳음과 그름을 논하지 않을 것이다.

그저 내가 할 수 있는 것은 삶에는 편법이 없으므로 오늘도 나라는 패를 던져야 하는 것이다.

두려움

가여운 아이야, 두 손에 상처가 많구나,
사람들이 너를 두렵게 하는구나, 걱정하지 말아라,
이 세상은 우주의 모빌과 같은 것이란다.

나는 길가에 혼자 서있는 아이를 자주 발견하곤 했다.
아이가 걸어가는 길목 앞에는
늘 거대한 바위 같은, 두려움이 놓여있었다.
나는 작고 여린 아이에게 다가가 이런 이야기를 들려주고 싶었다.

아이야, 가까이 가서 만져봐도 돼,
아무도 너를 해치지 않아,
이곳에서 너는 놀이를 할 수도 있고
떠날 수도 있지,
영원한 것은 없단다, 겁먹을 필요가 없단다,
그것들을 잘 이용하렴,
그것은 그저 지나가는 길가에 놓여 있을 뿐이란다,
아마 더 큰 두려움을 만날 거야.

아이야 그것을 곰곰이 보고 안아봐도 돼,
봐봐, 아무도 너를 해치지 않잖아,
너를 해치는 것은 네가 느끼는 감정뿐이잖아,
너는 그저 즐겁게 놀이를 하면 된단다, 그뿐이란다.

두려움을 잘 사용한다면
그것은 네 친구가 되어 줄 거야.

의지

'당신이 누구보다 더 울부짖는 그것은 누구보다도 더 살고자 하는 의지이다. 그러니 그 힘듦과 함께 삶을 최대치로 살아내어라.'

의지 없이 태어나 의지 없이 죽어가는 모든 생명에게 삶은 의지의 연속이었다.
숨, 붙어 있다고 의지는 미친 듯 펄떡대는 것이다.
발악하는 그것도 의지, 미쳐버리고 싶은 그것도 의지, 펑펑 울고 싶은 그것도 의지이다.
불안과 좌절, 숱한 고민과 사색, 그것도 의지,
확 죽어도 좋을 우울도 의지이다.
누구보다, 더 강한 그것을 가진 나는, 생의 의지를 무시하지 않을 것이며 그것을 거스르거나 외면하지 않기로 한다.
온갖 부정의 의지까지 다 하여 오늘도 헐떡이며 긍지의 날을 살고자 한다.

순수는 순수로서, 더러움은 더러움으로서 내버려 둘 것. 행복은 행복으로서, 불행은 불행으로서 내버려 둘 것.

불행은 불행의 것
행복은 행복의 것

하루의 그늘 아래에서, 이따금 알 수 없는 고통을 느끼곤 했다.
그러나 그것은 쉽게 물러나는 종류의 것이 아니었고, 고통이 다가올수록, 나는 그 속에 자주 매몰되어 버리는 것이다. 마시면 독약이라는 것을 알면서도 자꾸만 먹게 되는 이상한 방식으로, 고통에 적극적으로 개입하여 땅끝까지 추락하고 난 한참 후에야 후회하기를 계속 반복하는 것이다.
고통이 한 번씩 이곳을 방문할 때면, 이런 일기를 쓴다.

'불행은 불행의 것이다. 행복은 행복의 것이다.
불행과 행복 모두 나와는 무관하다.'

세상은, 의지로 바꿀 수 있는 것이 아무것도 없었다.
상황은 마음대로 움직일 수 있는 종류의 것이 아니므로,
깊은 바다에 빠졌을 때와 같이, 살기 위해선 허우적거리
기보다는 최대한 힘을 빼야 했다.
오늘도, 내가 시작한 고통은 내가 끝내야 한다.
불필요한 소모를 하지 않기로,
이 상황이 어둠이라면 언젠가 사라질 것이고,
빛이라면 이 상황이 나를 변화 시켜 줄 것이니까.

나를 침범하는 것은 나밖에 없다.
나를 슬프게 하는 것도 나밖에 없다.
나를 기쁘게 하는 것도 나밖에 없다.

나, 라는 환자를 치유할 수 있는 것도 유일한 의사도 나,
밖에 없다.

간단한 문제

왼편으로는 고통이, 오른편으로는 행복이 놓여있었다.
양다리는 양쪽 진영에 발 담그고 있었다.
이 고통에서 행복으로 가기 위해 어떤 노력을 해야 할지 한참을 고민했다. 실상 생각해보면 사실 노력이 필요 없는 문제이다.
다리 한쪽을 슬며시 빼내어 행복의 편에 서면 되는 것이다. 우리는 이 간단한 행위 앞에서 무수히 좌절했는지도 모른다. 몸을 움직여보지도 못하고 마음을 움직이는데, 온 일생을 다 쓰는 것이다.

불행의 편이든 행복의 편이든, 우리가 어떤 곳을 가더라도 사실 아무런 일도 일어나지 않는다.
중요한 것은 아무 일도 일어나지 않는다는 것이다.
항상 모든 일이 발생하는 영역은 불행도 아니고, 행복도 아니니까,
마음을 어지럽히는 대부분은 자신뿐이니까.

불행까지 행복한 사람

이쪽을 행복, 이라고 말하자 울타리 너머의 것들은 온통 행복 아닌 것들로 가득했다. 작은 울타리 안에서 행복만을 껴안고 등진 사람은 하나도 행복하지 않다.

행복은 비단 개화뿐만이 아니라 꽃 전체의 생애에 더 가까운 마음을 내포하고 있지는 않을까,
꼭 붙들었던 꽃대를 영원히 놓아버리는 꽃잎, 그리고 꽃잎 한 장의 무게를 기억하는 대지, 더 자라나지 않는 그림자의 시간, 그것까지 삶이기에.

누군가 양면으로 규정된 의미와 단어에 길들지 않기를. 당신도, 나도. 불행까지 다 가진, 행복한 사람이면 좋겠다.

가난한 낙원에는 못생긴 행복도 있다.

나는, 못난 이끼로서 자생하기 위해
조용히 하늘을 향해 혀를 내밀고 있음을
대견하게 생각한다.

꽃

허공을 물들이는 꽃의 심정.
바람을 뒤지기라도 하듯, 밤마다 모가지 드리우고
별들 사이로 고개를 묻는 꽃들의 모든 꿈.
비밀을 피우는 여자들처럼
꽃의 얼굴이 화끈거린다.

숲의 어디쯤에서 발견된 적 없는 몸으로 광합성 하는 그들처럼, 고요하고 고결한 느낌으로 생을 살고 싶다. 숨지도 않고 들키지도 않는 그 어엿한 자태로 내 생의 몸짓을 하늘에 비추어 살아가고 싶다.

계절이 지나가는 자리를 바라보는 것은 나의 일상이다.
언젠가 내 몸에 배어든 꽃의 향기가 봄을 기억하고 심장을 먼저 두드린다. 나는 혹독한 겨울을 버티기 위해 온몸을 웅크리고 있었다. 살기 위한 악다구니.
창밖에는 동백꽃이 피었다. 꽃들은 보이지 않는 곳에서 양손을 활짝 펼쳐 보였다.

그것을 두 눈으로 확인하지 않아도 알 수 있는 것은, 내게 마음이 있다는 것과, 꽃이 있다는 것이다. 내가 언제까지 이곳에 머물지도, 앞으로 얼마나 더 많은 계절을 반복해야 하는지도 아무것도 모르지만, 꽃이 일깨우는 부드럽고 둥근 마음이 곁에 있다는 것은 척박하고 외로운 이 별에서의 유일한 위안이다.

인간 곁에는 인간이라는 친구들이 많지만, 내게는 유일한 친구는 꽃이었다. 그들의 반가운 얼굴을 떠올리며 작게 꽃,이 라는 단어를 호흡해본다.

슬프고 기쁜 것들이 순차 없이 떠오른다. 감사한 것들을 많이 불러볼 수 있는 봄이었으면 한다.

고귀한 통증

고통의 질료에는 귀한 자원이 많아서
그 보석을 나의 별로 실어 나르는 행위를 멈출 수 없다.
어느 날 불현듯 새로운 고통이 내 생을 스친다면
이제 나는 숨어들 것이 아니라 손을 뻗어
그것을 열심히 탐험해야 할 것이다.

고통의 능력

고통의 능력치를 충분히 끌어올린 하루였다.

나는 오늘도 내가 애써 박은 창살을 다시 애써 뽑아내는 작업을 반복하며 하루를 소비했다. 스스로 고통을 짓고 그 고통의 뿌리 끝까지 탐험하다가 소스라쳐 놀라곤 다시금 그 암흑 속에서 기어 나오는 데 하루를 다 썼다.
최선을 다해, 최대치를 산 하루였다.

이 어리석음이 언제까지 반복될지는 아무도 모른다.
다만 직업처럼, 아니 나는, 나의 노예가 되어 이 영속적인 행위를 멈출 수 없을 뿐이다.

잠이 드는 하루의 끝 무렵, 하루 치의 일과를 마치면서 그래도 녹초가 되어 혼곤히 잠들 수 있어서 다행이었다, 고 쓴다. 눈을 뜬 내일의 나는 창살을 옮기는 일을 더는 하지 않기를 꿈꾼다.

의지

1.

스스로 삶의 가치를 매기지 않는 것.
무엇도 판단하거나 입장을 가지지 않는 것.
묵묵하게 나의 업을 수행하며 불만을 가지지 않는 것.
그것만이 내가 할 수 있는 일이며, 가장 어려운 일이다.

누군가가 삶의 가치를 부여하고 평가하고 판단하려 한다면, 그러게 놔둘 것. 누군가가 나를 판단하는 것에 나의 잘못도 책임도 없으므로. 나는 나로서 정진하고 세상이 나를 평가하게 내버려 둘 것.
그것에 관해서는 상심하거나 기뻐하지도 말 것.

2.

어떤 경우와 상황일지라도, 나는 나의 삶을 살아갈 것. 가까운 누군가가 어떤 미혹에 빠지더라도 나 자신이 그 삶에 동요되지 않을 것.

타자에 의한 실망과 배신, 불신 따위로 행복을 점치는 것이 아니기 때문에, 전적으로 모든 생의 의지는 나로부터 실현된다는 것을 망각하지 말 것.

너무 많은 생각과 의미를 자신에게 개입시키지 말 것. 나를 위해 나를 아낄 것. 타자에 흔들리는 순간, 나 스스로 그보다 못한 존재가 되니까.

3.

자신이 옳다면, 마음을 아끼자. 너는 언제나 소중하고 아름답고 고고하다. 저마다 자신의 인생을 책임지고 살아간다.

타자의 삶을 이해할 권리는 누구에게도 없다.

그러므로 그 누구도 안타까워하거나 통탄해하지 말자.

네가 진정 슬퍼해야 하는 것은, 타자로 인해, 내 삶을 책임질 의무를 저버리는 태도이다. 그것만을 불행해하여라.

여기 아무것도 너를 방해하는 것이 없다. 만약 스스로가 평화롭지 못하고, 집중이 안 된다면 그건 네가 너 자신을 구속하고 있는 것이다. 모든 문제의 적은 너에게 있다.

자신을 혹사하지 말자.

언제나 이편이 되어 지켜주는 것은, 자신뿐이니까.

4.

타성에 젖지 말 것.

망각이라는 무서운 잡귀에 동요되지 말 것.

나의 시간으로 세계를 운용하자.

나의 시간은 언제나 나의 편이기에, 그 시간을 믿고 따라야 한다. 그저 그것의 임무를 잘 수행할 수 있게 내버려 두는 것.

그리고 나는 나.라는 우주의 별빛만을 잃지 않도록 한다.

나는, 독보적인 별이므로.

내가 아는 이 세계에서만큼은 그 확신이 유효하다.

5.

감정에 힘을 빼고 살자.

너의 자력으로 바꿀 수 있는 것은 하나도 없다.

그것은 바꾸려 할수록 더 깊은 수렁으로 향하게 한다.

너는 그보다 해야 할 좋은 미래를 위해, 현재의 고통은 잠시 놓아둘 필요가 있다.

이 시간은 더 나은 삶과 미래를 위해 한 번쯤 극복해야 할 기회다. 이 상황 모두 너의 몫이 아니니 무심하자.

어떤 악마와 암흑조차도 무심, 앞에선 위력을 펼칠 수 없다.

이 상황을 이기는 방법은 없으며, 최선은 무심뿐이다.

편견에 대처한다

1.

당신의 편견은 온전한 당신의 몫이며
그로 인한 나의 예민함은 나의 몫이므로
우리 사이엔 아무런 불화가 없다.
각자의 언행에 언짢아하지 않기로 한다.

나는 쉽게 화가 나기도 하지만
그 화는 나의 것이고
당신의 화는 온전히 당신의 것이므로
화의 상관관계를 찾지 말자 하겠다.

보이는 것이 전부인 세상의 편견은
속수무책의 총탄 같아서, 피할 수는 없지만
총탄은 총탄의 몫으로 내버려 두고
나는 나의 상처를 돌보며 배움의 길을 걸을 것이다.

2.

나의 목표는 그냥 사는 것이다.
그냥 중 제일 좋은 그냥으로 사는 것.

그것뿐인 삶에서, 너무 많은 지시와 명령과 판단과
편견의 언행과 눈총과 시선으로
서로를 찌르지 않기로 한다.

늘 나에게서 발생하는 타자에 대한 편견을, 판단을
내 문제이며, 죄라 여기고 살겠다.
그것을 결코 어리석게도, 타자를 향하지 않겠다.
누군가에게 총탄으로 날아가기 전에
차라리 내 모자람을 돌아보고 반성하겠다.

어쩌면, 짧은 인생, 당신에게
좋은 말, 좋은 것만 보자 하겠다.

성공한 사람

들어와 씻고 두 다리를 뻗고 누우니 세상이 다 고맙다. 오늘 하루 잘 살았다. 용기를 내었고, 이따금 좌절했으며, 또한 인내를 가지고 나아가다가, 포기하다가 다시 일어서서 달렸던 마라톤과 같은 하루의 삶.

치열하게 살아간다는 것.
겨우내 마른 수피를 찢고 고개를 내미는 꽃봉오리같이,
메마른 돌 틈에도 몸집을 키우는 잡초같이,
공허를 모르고 임무를 다하는 꿀벌같이,
한철 제 몸을 능가해 울부짖던 매미같이,
태평양을 가르는 철새의 수천만 번의 날갯짓같이,
생존의 임무를 다하는 것이야말로 자연스럽다.

오늘의 고생은 필히 내가 자발적으로 수여한 표창과 같아서 나는 고생함으로써 오늘도 대단히 성공했다고 자신 있게 말할 수 있다. 오늘도 포기와 도전, 좌절과 용기를 반복하며 최대치를 살아내었다. 나는 오늘, 제일 성공한 사람이다.

생의 업무

오래전 그에게 이런 말을 하곤 했다.
그는 이제 멀리 가버린 듯하지만, 이 문장만은 내 곁에 남아있어서 나를 품어주곤 한다.

누군가에게 했던 어떤 말들은, 시간이 지나면 돌고 돌아 나를 찾아왔다. 그에게 했던 숱한 말은 어쩌면 나에게 하고 싶었던 말인지도 모른다. 인연은 가고, 문장만 얌전히 남은 밤.
말이 없던 그것은 오래 나를 기다렸던 것만 같았다.
나는 그것을 골몰해서 읽어보았다.

'아무것도 없어서 모든 것이 보였으면 한다.
가진 것이 없어서 더 너그러웠으면 좋겠다.
평범하지만, 절대 평범하지 않은 품위가 있었으면 한다.
나도, 마음도, 너도.'

아주 가까이에서부터
네 마음으로부터 불가능을 가능케 하여라.

그것이 생의 업무이다.

나, 라는 피안

내 몸 자체가 고향이고 무덤이다.
가출하고 방황해도 돌아올 집이 있다.
나, 라는 자신, 말고는
더럽고 빈곤한 자신을 반겨줄 가족이 없다.
그러니 나를 믿고 의지하자.
돌아와라, 여기서 먹고살자.

내 나라는 마음껏 울고, 마음껏 탈선해도 좋은
나에게 선사한 피안이다.
마음대로 건설한 마을이 있고 사람들이 있다.
이 별을 건강하게 잘 운영하고 싶다.

내가 나를 다독이는

나이를 먹는다고 나아지는 것은 아닌 것 같다. 나의 어린 과거의 기록들이 자주 나를 일으켜 세운다. 과거의 나는 지금의 나보다 나았다. 나의 스승은 깨어있는 나 자신뿐이라서 어린 내가 중년의 내게 꾸중하기도 한다. 나의 모든 기록은 먼 훗날 망각의 세월을 방랑할지도 모르는 나에게 보내는 메시지다.
나는, 성인인 나에게 망각하지 말고, 자신을 믿으며 전진하라고 한다. 여기 이렇게 나, 라는 선생님은 옳은 길을 두고 자주 탈선하는 나, 라는 학생에게 끊임없이 이야기하고 있다. 그녀는 관대하다. 정신을 차리고 보면 나의 선생님은 오래전부터 나를 경청하고 있었다.

이제는 내가 나를 다독이는 시간이다.

마음

어제도 오늘도 내일도 마음을 다할 것.

모든 변하고 사라지는 것들에
마음 쏟지 않을 것.

역동하고 교란하는 것들에
소모되지 않을 것.

휘몰아침으로써
제자리를 지키는 것을 바로 보고
언제나 곁에 있는 것들에 온 마음을 다할 것.

호흡처럼, 그림자처럼
그런 삶, 그런 사람, 그런 사랑.

마음은, 그것을 위해 존재하라고 있는 것.

안부

1.

어둠도 가만히 주시하면 잘 보이는 것들이 많다.
보이지 않아야 몸을 드러내는 것들이 있다.
숨어있던, 침묵했던 내가 말을 걸기 시작했다.
나는 나와 대면하기를 오랫동안 간절히 갈망했다.
내가, 나에게, 안부를 묻는다.

2.

내가 나와 언제든 대면해야 할 때,
부디 낯설지 않았으면 좋겠다.
너무 오랜만이라 할 말이 없거나
마주 보는 눈을 피하지 않았으면 좋겠다.
육신의 내가 마음의 나를 외면하지 않았으면 좋겠다.
늘 함께여서 감사할 수 있으면 좋겠다.
그저 모르는 척 함께 머물렀으면 좋겠다.
내가 믿고 의지할 동반자는 나 자신이라는 것을
한순간도 망각하지 않았으면 좋겠다.

나에게

그 무엇도, 영원히 네 곁에 있어 주지 않아, 나는, 너야,
너의, 잘 들리지 않는 목소리야,
계속 귀를 기울여야 들리기 시작하는 나는
너의 마음이고,
나는 네게 천국일 수도 있고, 지옥일 수도 있어,
너의 행복일 수도 있고, 고통일 수도 있어,
나는, 굉장히 잔인할 수도 있고, 관대할 수도 있어,
매 순간 발견하지 않고 소홀하면, 사라지고 마는 나는
바람이고, 시간이야,
나는, 네가 놓쳐버린 무수한 현재야,
한 번 사라져 버리면, 다시는 만날 수 없는
나는 너의 과거이고, 나는 너의 거울이야,
자꾸만 들여다보아야 잘 보이는 나는
대면하기 싫은 모습일 수도 있고
꼭 끌어안아 주고 싶은 너일 수도 있어,

그리고 자주 가꾸고 매만져 줘야 할 정원이겠지.
나는 넝쿨과 잡초만 무성한 폐가일 수도 있고
온기와 향이 가득한 집을 지을 수도 있지.
나는 모든 걸 단번에 무너뜨릴 수도 있어.
네 안에서, 무엇으로도 변할 수 있어.
앞으로, 너는 내 손을 잡고 경험하지 못한 새로운 세상으로 나갈 수도 있고, 나를 등지고, 네가 사는 굴레에 평생 머물 수도 있어. 나는, 너의 선택이야.
나는 이제, 네 삶이 될 수도 있고
너의 후회가 될 수도 있어.
잘 봐, 나는 너의 마음이야. 너의 망각이고

애쓰지 않으면 잘 보이지 않은 영역 여기서
나는 네가 자주 바라봐 주길 늘 기다리고 있지.
나는 그 무엇도 될 수 있는 너야.

증상

하나의 슬픔을 종결하기 위해 우리는 또 다른 슬픔과 연맹하는 건 아닌지 모르겠다. 슬픔의 무한반복. 매 순간 이미지를 수거하고 명찰을 다는 인식의 악습관, 쌓여가는 소각장, 무용한 풍경들, 인식의 세계가 자아를 능가하는, 지독한 도착행위. 이 오랜 증상이 삶이라는 정신병이 아니고 무엇일까.

바라만 볼 것. 감정에 동요된다는 것은 슬픔을 바라보는 것이 아니라 슬픔에 뛰어들려는 나의 습벽이니, 슬픔에도 정이 드는 천성의 나약함이니, 연민하지 않고는 살 수 없는 것도 욕망이니, 이 난치병을 이제는 부디 내 손으로 완치할 것.

아픈 것은 내가 아니라 삶이고, 그 환자를 치유하는 주치의가 나니까. 마음은 내실에 그대로 둔 채, 창밖의 불가피한 태풍을 바라볼 것. 모든 현상은 유동적이고, 또 사라지고 말 것이니 바람이 거세게 불어올수록 나는 앉은 자리에서 차 한 잔을 따뜻하게 따라 마실 것.
감정과 나를 동일시하지 않을 것. 이 집의 안주인일 것.

고통스러워 할 것

피할 수 없는 고통을 받을 것.
그리고 고통을 고통스러워할 것. 고통의 서류작업을 할 것. 수만 개의 느낌의 고통에 이름을 붙이고 특징을 기록해둘 것. 그에 따른 돌발상황이나 대처 방법을 하나하나 저장소에 가까이 둘 것.

낙하하는 감정의 순간을 포착할 것.
완전히 부서지지 않기 위해서 그 순간을 세분화하여
충격을 최소화할 착지법을 도출할 것.

낙하하는 느낌은 많았다. 그리하여 여기 온몸으로 추락하는 감정을, 풍경을, 시차를 다 기록하는 중이다.
단지 기록한다. 절망할 이유는 없다.
이 수직 낙하와 상승의 무한 반복을 더 이상 수치스러워하거나 외면하지 않는다.

고통의 자리마다 축복이라 쓸 것.

나에게

오른편에 기쁨이 있고 왼편이 슬픔이 있다. 나란히 우리는 동거한다. 한쪽의 불행과 한패가 되려는 오랜 습관.

슬픔도 정이 들어서 광기를 부리다 제 몸을 밟을 때, 이 집의 주인이 나를 능가한 슬픔이 될 때, 기쁨이 모퉁이에 서서 홀로 떨며 고통의 종 노릇을 할 때.

이 상황에서 벗어나는 방법은 내가 내면의 문을 열어 밖으로 멀리 가출하는 것이 아니라 자주 대면하는 것, 손을 잡는 것. 그럼에도 혼란이 지속할 때 슬픔도 기쁨도 적이 되지 않도록 사이 좋게 한집에 그것의 주인으로서 살 것을 명령하는 것, 화해시킬 것.

감정과 나를 동일시 하지 않을 것.
이 한 줄이 그 어떤 위대한 지침서보다 훌륭한 나의 경전일 것.

삶의 능력

오늘도 세계가 원하는 시간을 살고 남은 나머지 시간은 온전히 나 스스로 자유롭기로 다짐한다.
내 시간을 살아낸다는 것은 다짐과 각오가 수반되는 일인 것이다.

세상은 저마다 독립적이고 자주적으로 살아가길 원치 않는다. 상생과 조화. 신이 있다면 내가 나를 바라볼 수 없게 몸을 설계한 이유가 있을 것이라고.
타인을 바라보며 더 많이 외로워하고 더 많이 비교하며 더 많이 느껴보라고. 그것이 삶이라고, 그 치열함 속에서 아등바등하며 넘어지고 스스로 다시금 일어서보라고.
그런 방식으로 생의 참 의미를 발견한 자만이 행복을 쟁취해 갈 수 있을 거라고 말하는 듯하다.

인간의 생은 그러고도 남을 만큼 충분히 길고 무궁무진하기에 온갖 것들을 겪으며 살아가고 있다.

오늘 하루도 잘 살았어

오늘도 죽어버리고자 하는 용기로 살았다.
잘 들여다보면 용기 아닌 것이 없다.
우리는 참 강하다.

혀를 내밀어 바람을 맛보는 풀잎에
어둠의 손길 아래 뼈를 들썩이는 모든 존재에게
생은 강했노라고, 용기 내어 말한다.

실상, 대단한 용기 없어도 자립하는 삶.
그 앞에서 나의 잠은 구원과 같다.
서서히 나의 수치와 죄책과 좌절은 얼굴을 지워간다.
설교를 마친 노인 같은 정념들.
이제, 나는, 어둠의 마감 질을 하며
모든 색을 뒤섞은 밤의 몸으로 잠든다.

오늘 하루도 잘 살았어. 따뜻한 차 한 잔 마시며 몸을 풀 수 있어서도, 따뜻한 물에 몸을 씻을 수 있어서도, 밥 한 끼 잘 먹었음에도, 감사하다. 감사함을 말할 수 있어서 감사하다.

감사함을 적고 보니 이런 사소한 감사함을 입에 올리는 것도 불편하고 낯설어서

'우리의 가슴은 어쩌다 이렇게 차가워졌나,
우리의 마음은 어쩌다 이렇게 단단해졌나.'

가장 근원적이고 원초적인 감정을 들여다보면 생존의 감사, 만으로 배부른 밤. 간간이 그런 날들도 섞여 있는 것으로 나의 오늘은 아름다울 수 있다고 안심할 수 있겠다.
깊은 밤, 나는 내 마음 하나만을 실천했다.
아무 메아리로도 돌아오지 않는 안부는 나의 몫이 아니므로 이제 편히 잠들 것이다.

나의 마음 하나로 모든 밤을 덮어줄 수는 없지만,
메마른 사막에도, 오아시스가 있는 꿈을 꿀 것이다.

떠나지 않는 여행

떠나는 이유를 설명하기란 어렵다. 떠나지 않는 순례라는 말은 더더욱. 몸보다 마음이 먼저 뛰쳐나가는 그것을 여행이라 말해야 할까?

오랫동안 발병을 앓았다. 떠나지 않고서는 죽을 것처럼 몸이 아파 식은땀을 흘리며 수일을 병석에 눕기를 반복했다. 미지를 걷지 않고는 죽을 것 같을 때, 심장이 뛰는데 달랠 수가 없을 때, 그것을 제압하는 방법을 알지 못하고, 나는 그렇게 살 수밖에 없는 거구나, 포기의 심정으로 또다시 신발 끈을 묶을 때. 삶은 몽유병이거나 불치병에 가깝다고 생각했다.

정의 내릴 수 없는 병은 삶의 융단 위에서 심장처럼 붉게 뛰고 있었다. 병을 거부할 수 없다면 병은 병으로 치유할 수밖에 없지만, 이 별에서만큼은 쉽게 방랑의 삶이 허락되지 않았다. 지느러미가 없는 나는 늘 이상한 방식으로 헤엄을 쳤고, 아무와도 어울리지 못했고, 가난했다.

여행은 언제나 내게 해방감을 주는 듯했지만, 그 해방감이 오래가지 않았다. 자유의 뒷면에는 현실이 있었고 여행은 삶의 궁극적인 목표를 지시하거나 방향을 갖게 하기보다는, 일종의 현실 도피인 셈이다. 인도의 보드가야에서도, 아루나 찰나에서도, 세르비아 집시 마을에서도, 독일, 캄보디아, 라오스에서도, 사하라 사막, 터키에서도 네팔의 룸비니와 고산마을에서도 나는 나를 발견하지 못했다.

언젠가 암해에 좌초한 배처럼 서서히 침몰하면서, 나는 한 개의 하늘을 올려다봤다, 별을 보았다.

그리고 바람을, 그리고 새들의 지저귐을.

그것을 여행이라 정의한 이후로 병이 조금은 나아지는 듯하다. 여기, 발붙이고 있는 현실 속에 순응하며 살자, 라는 마음만이 수면 위로 점차 떠 오르기 시작했다.

나는 이제, 그토록 찾아다녔던 미지를 포기한 채, 내면의 나라를 구축하는 것에 몰두하고 있다.
마음을 펼쳐 길을 내는 곳마다 인사를 하고 안부를 전하는, 풍경, 나는 이 세계 속의 지배자이며, 업무를 동시에 수행하는 서기라는 점이 마음에 든다.

이제, 이것을 여행이라고 정의할 수 있을까?

내면의 나라

발이 걸을 수 없는 길을, 사고는 무전여행을 감행한다. 걸어왔던 길만큼이나 정처 없는 문장이, 지도를 만들고 길을 낸다. 삶이란 이, 별의 여행과 같았다.

더 이상 떠나고 싶지 않고 떠날 곳이 없었다. 여행은 내게 희망과 자유를 주지 않았다. 삶을 피함으로써 위로받을 수 있는 것은 없었다. 본질적으로 우리가 찾을 수 있는 목적은 그곳에 없으므로, 여기 내 안에서 구겨진 세계를 펼쳐보는 중이다.

한 발짝의 미동도 없이 나는 이곳의 거리를 걷는다. 온 마음으로 걷는다. 몸뚱이 안에 적체된 나라를 풀어헤친다. 모든 길을 듣는다. 그리고 낯익은 풍경 속에 멈추어 서서 그것의 못다 한 말들을 경청하는 것이다.
그것으로 나는 세상에 없는 목적지에 다다른다.

이름 없는 날들의 기록

지난 기록들을 차근히 읽어보는 아침을 살아내었다.
이름 없는, 한 생애의 몸부림을 읽었다.
더 잊히기 전에 한 번쯤 들여다보고 싶은 그것은 언제나 나를 비추는 마음이었다.

견딜 수 없는 방황의 시간, 빗속을 헤매던 수많은 무릎들, 영원으로 내 달렸던 시간은 죽고 싶은 만큼 살고 싶은 날이 되어 이곳으로 돌아왔다.
지나고 보니 울음들은 울림이 되고, 울림은 별이 되어
나를 가만히 안내하는 것들이었다고 믿게 된다.

내가 걸었던 거리의 지명과 만났던 사람들의 이름과 얼굴이 기억나지 않음에도, 느낌은 신경을 장악하고 있어서, 어쩌면 불확실하고 모호한 그것들이 지금의 나를 선명하게 세우는 것 같아서, 다행인지도 모른다.

여기 맛없이 놓여있는 사실적인 오후도 시간이 한참 지난 후에야 잘 숙성되어 허기진 배를 채울 것이다.

꽃, 하늘, 허공, 바람, 무계획의 창문, 어항 속 물고기의 목적 없는 헤엄과 유영하는 시선들. 그런 것들로 이루어진 하루의 재료들이 살을 형성하고 주름을 형성하고 감각을 형성하는 것 같아 감사하기로.
그러나 소중하기로 마음먹은 것들을 영원히 지나가는 것이고, 잊힐 수밖에 없는 것들이기에 애틋하다.

오늘의 구름과, 멀리서 보면 아무도 살지 않을 것 같은 삭막한 도심의 표정 없는 건물들도, 언젠가는 내 곁에서 말을 갖추고 얼굴을 가지리라.

지나간 것들은 붙잡을 수도 없으며, 다가오는 것들은 또한 기약하지 않았기에 아직은 매 순간 통째로 불시착한 이 풍경 역시 당황스럽고 아프다.
아픈 채로 떠나가서 슬프다.

느낌은 또다시 쏟아졌고, 젖은 종이에 번져버린 활자처럼 불명확하겠지만, 오늘도 기록할 것이다.

나는 이 풍경 속에서, 나는 참 많이도 울고 많이도 웃었다. 무엇이 무엇인지도 모른 채, 앞으로도 더 많이 울고, 더 많이 웃을 것이다.

이번 생에서 만나지 못할 얼굴이 되어 버린 모든 것들,
그것들의 안녕을 묻고 싶다.

남은 인생은 모든 것을 피하지 않을 것이며, 기별을 겸허히 받아들이고 싶다.
단지 더 많이 방황하여, 이생의 마지막 시간이 찾아왔을 때, 참 아름다웠고 잘 살았다고 말하며 헤어질 수 있는 자신이 되고 싶다.

나에게,
나 참 멋지고 아름다웠다고,
말할 수 있는 나를 살고 싶다.

당신에게

나는, 함께 있는 사람들보다는 혼자 동떨어져 있는 사람을 좋아한다. 어딘가를 바라보며 골몰하는 사람을, 말을 하는 사람보다는 듣는 사람을, 어둠 속에서 달빛을 보다가 밤을 새웠다는 사람을, 책장을 넘기다 코를 대고 바람의 냄새를 맡는 사람을, 눈물인지 땀인지 모를 것들을 밤새 닦았을 정갈한 손 위로 망망대해처럼 펼쳐진 질문을 꺼내어 놓고서, 저 홀로 부이를 띄우는 사람을, 긴긴 밤의 우주를 혼자 살았던 사람을.

누군가의 생애가 나와 닮았다는 생각이 들 때, 연민인지 유대인지 모를 아릿한 마음이 공명해 나도 모르게 말하고 싶다. 이 손 잡아요. 우선, 그것이 결코 나를 돌이킬 수는 없을 거야, 라고 말하는 듯한 침묵의 눈빛. 그래도 우리 몸과 몸을 묶어 살아봐야죠. 말하면, 가만히 가슴에 십자 성운을 그으며 내 눈을 깊이 바라보는 사람, 그러다 모국어로 독백을 구사하는 사람.

나는 여기서 나를 잘 붙잡고 있어요. 그러니 안심해도 좋아요. 당신도 거기서 당신을 꼭 붙잡고 있어요. 우리는 무사할 거예요.

어쩌면 우리는 이 삶을 너무 사랑하기 때문에, 더 자주 아프고 더 많이 고민하게 되는지도 모른다. 붙잡으려 할수록 어려운 것이 많았다. 때론 그저 흘러가게 내버려 두는 것만이 구원 같기도 하다.

남들보다 더 많은 고통과 아픔을 다채롭게 겪어낸다는 건 다행이라고 말할 수 있겠다. 그것만으로도 가치 있고 위대한 이력은 없을 것이라고, 늘 아프고 연약했던 내가 나를 다독이기도 한다.
나 자신만의 위로 속에서 울음을 그치는 일이 많았다.

그러니까 우리는, 마음이 빛이 나고 있는데 알아채지 못하고 이상하게도 자신을 자꾸만 꾸짖는다. 스스로 움츠러든다. 어쩌면, 우리는 자기 자신에게만큼은 제일 가혹하지 않을까 싶다.

냉정한 나 자신만 거둬내면 아름다움뿐이다.
충분히 아름다운 삶을 살고 있다고 믿을 것이다.

이 글은, 이제 나를 떠난 마음의 조각이 되었다.
나의 과거는 누군가의 현재이기도 하다.
이제는 내 것 아닌 기록을 보낸다.

언젠가 당신이 당신에게서 멀어진 날에,
당신의 마음 또한 훗날
실의에 빠진 누군가를 살릴 것이라 믿는다.

마쳐야 할 문장

쓸 말이 많다는 것은 그만큼 할 말이 많다는 것이고 할 말이 많다는 것은 여전히 아프다, 아프다는 의미이다.
나는 나의 아픔에 더 많이 아플 것을 당부한다.
아픔에서 해방되기 위해서, 더 많이 아프고 더 많이 넘어지라고 권한다.

누구에게나 내면엔 불완전한 마음이 있다.
그러니까 우리는 분명 어둠 속에서만 알 수 있는 것들이 있다. 삶은 얼마나 눈부시고 아름다운 일인지,
깊은 암흑 속에서 은은히 빛나는
별처럼 아픔은 얼마나 고맙고 소중한지.

일어나라는 말 대신, 넘어지는 방식으로,
당신에게 손을 내민다. 이 곁을 잠시 머물던 당신이,
언제까지나 행복했으면 좋겠다.

끝나지 않는 이야기

어디에도 어울리지 못하는 글들은 남겨지고, 아직 울고 있는 문장도 남겨지고, 갸륵한 것들에게 글, 이라는 명찰을 붙여본다. 그리고 나라고 불러본다.

이 세계를 언제까지고 지켜내고 싶다. 온전히 나의 삶이길 바라니까, 영원히 후회로 잠들고 싶지 않으니까.
지켜낸다는 것, 사방으로 총탄이 날아드는 전쟁 속에서도 잔잔한 노래를 부르는 가수 같은 일이니까.
소리 없이 거대한 혁명이니까, 언제까지고 이 마음을 대변하기를, 무엇을 해야 한다기보다는 그저 막연한 이 느낌만으로 살아가기를.

당신에게 이 계절, 이상한 빛을 전한다.
이 문장들의 못남을 미리 알아채신다면
썩, 나쁘지는 않을 것이다.

Starker Stern.

Starker Stern, der nicht den Beistand braucht,
Den die Nacht den andern mag gewaehren,
Die erst dunkeln muss, dass sie sich klaeren.
Stern, der schon vollendet, untertaucht,

Wenn Gestirne ihren Gang beginnen
Durch die langsam aufgetane Nacht.
Grosser Stern der Liebespriesterinnen,
Der, von eignem Gefuehl entfacht,

Bis zuletzt verklaert und nie verkohlend,
Niedersinkt, wohin die Sonne sank ;
Tausendfachen Aufgang ueberholend
Mit dem reinen Untergang.

_Rainer Maria Rilke

강한 별이여

강한 별이여, 다른 별들이라면 밤이 돕겠지만
도움 같은 건 모르는 별이여
다른 별들이 밝아지려면 먼저 밤이 어두워져야 하는 것
이미 이루어진 별은 가라앉노니

서서히 열리는 밤을 뚫고
별들이 운행을 시작하면
자신의 감정에 불타올라
큰 별, 사랑에 빠진 성직자의 별

끝까지 불을 밝히면서도 결코 사그라지는 일 없이
태양이 가라앉는 곳에 내려앉는 별이여
그 순수 하강 가운데에서
수천의 상승을 뛰어넘는 별이여

_릴케의 시 번역문

책의 부분 부분에는 릴케의 시가 있습니다 이 책의 편집을 마무리할 때쯤, 우연히 집어 든 낡은 고서의 시들이 제 책을 더 잘 대변하고 있었고, 감격스럽고, 반가운 마음에 이 책에도 문장들을 몇 개 가져왔습니다. 독일어로 시가 쓰여진 페이지의 안쪽에 해석을 숨겨놓듯 놓았습니다. 발견해주시길.
부디 이 글을 만난 분들이 어느 어두운 밤의 귀퉁이에서도 빛나길 바랍니다.

이, 별의 사각지대

Ich bin mein liebstwr stern

지은이 © 안 리타
메일 an-rita@naver.com
펴낸곳 홀로씨의 테이블

1판 1쇄 발행 2017 년 09월 19일
개정판 4쇄 2024년 08월 24일

ISBN 979-11-961829-0-8